Lars Brandt
Alles Zirkus

Roman

Carl Hanser Verlag

1 2 3 4 5   16 15 14 13 12

ISBN 978-3-446-23850-3
© Carl Hanser Verlag München 2012
Alle Rechte vorbehalten
Satz: Fotosatz Amann, Aichstetten
Druck und Bindung: CPI – Ebner & Spiegel, Ulm
Printed in Germany

MIX
Papier aus verantwortungs-
vollen Quellen
FSC® C006701

*»Who needs a clown,
who needs a clown?«*

H. C. Artmann

Dame

Die Rakete

Leben in der Wand, oder was? Wühlt sich da etwa ein Tier durch die Mauer? Hinter der Tapete raschelt es um die beiden sinnlosen Nagellöcher herum. Jetzt zwischen den Steinen ein Rauschen. Man sieht so einer Wand ja nicht an, was sich in ihr eigentlich abspielt. Auf der anderen Seite steht Trixis Mann. Wie an jedem Morgen ist Walter als erster im Bad. Er besitzt die irritierende Angewohnheit, mit dem Wasserhahn so umzugehen, dass es überall klappert und jault, sie fragt sich, auf welche Weise er das anstellt. Wenn sie sich im Badezimmer aufhält, klebt der Spiegel geräuschlos auf den Kacheln.

Falls sie mit Walter frühstücken will, muss sie jetzt langsam aufstehen. Beim Gang in die Küche hört sie ihn das Rasiermesser auf dem Streichriemen abziehen. Zu Hause in Südtirol ließen sich manche Bauern, die zum Markt in die Stadt kamen, vom Friseur rasieren, und der schärfte sein Messer auf dieselbe Weise, nur leiser. *Stefta* sagen die Leute im Gadertal zu Nägeln, oder *agut*, wenn es sich um lange Eisennägel handelt. So viel hat sie behalten. Und Löcher, wie heißen die auf Ladinisch? Sie weiß es nicht mehr. Die beiden hässlichen Punkte drüben in der Wand – sie schreibt *Zahnpasta* auf einen Zettel.

Vor zwanzig Jahren, als Filmstudentin, fuhr sie ab und zu durch die Alpen heimwärts. Beim Blick aus dem Zugfenster ließ sie im Kopf die Kamera laufen und drehte einen Film im Stil der alten Wochenschauen – mit flackerndem Licht, der pathetischen Stimme des Kommentators, jagenden Streichern und blechernen Fanfaren. Schwarzweiße Bilder von Städten und Bergen, vom Treiben auf den Straßen, in den Orten, auf den Feldern und im Wald. Am Himmel türmten sich dramatisch die Wolken.

Aus dem Badezimmer kommt ein Fluch.

Sie blieb in München, als das Studium hinter ihr lag, kam dort wenig später in einer kleinen Filmproduktion unter, wo sie für alles zuständig war und vergeblich hoffte, endlich selbst einen Film machen zu können. Wie der auszusehen hätte, wusste sie: Definierte Bilder und Töne, die sich mit eigener Notwendigkeit zu einem neuen Ganzen zusammensetzen und eben dadurch etwas zeigen von der Wirklichkeit.

Walter arbeitete zu jener Zeit noch als Ingenieur. Und die Filme, für die er sich besonders interessierte, liefen in Programmkinos. Die wenigen Zuschauer, die dort regelmäßig erschienen und sich ganze Reihen über das polnische Avantgardekino der sechziger Jahre oder den italienischen Neorealismus ansahen, kannten nach einiger Zeit die Gesichter der anderen. Aus der Tiefe des dunklen Kinosaals war manchmal ein Lachen aufgestiegen, an Stellen, wo außer ihr selber niemand lachte. Wenn später das Licht anging, sah sie irgendwo in einer hinteren Reihe lächelnde Augen unter rotem Stoppelhaar und einen hochgeschlagenen Jackettkragen. Einmal war nichts komisch gewesen, aber die geheime Verbindung brauchte diese Brücke nicht mehr, sie hatte seinen Suchscheinwerferblick aufgefangen, dann waren sie zusammen aus dem Kino gegangen und hatten in einer Bar gemerkt, wie sie sich von Minute zu

Minute heftiger ineinander verliebten. Trixi hatte daraufhin eine Woche mit Fieber im Bett gelegen.

Als sie wieder auf den Beinen war, sagte er, dass er nur in München bleiben könne, wenn sie als Paar zusammenlebten. Er wusste, was er wollte, und benötigte nicht viele Worte. Es war klar, was mit ihnen geschehen war. Also gaben sie ihre beiden Einzelwohnungen auf und suchten eine größere. Alles in Walters Wesen hatte deutliche Kontur, und ihr gab das ein sicheres Gefühl. Abends holte er sie oft von der Arbeit ab, sie aßen eine Pizza und gingen ins Kino. Auf dem Weg sprach er ab und zu einen Vers von Shakespeare vor sich hin, als wäre der eine englische Schlagerzeile, er konnte die Sonette auswendig.

Ab und zu wurde Trixi von einem Thema so gepackt, dass sie sich über einen Film Gedanken machte. Aber man war weit davon entfernt, sie wirklich daran arbeiten zu lassen. Sie hatte Unterkünfte für Teams auf Reisen zu organisieren oder Drehpläne abzustimmen und höchstens die Vorstellungen anderer zu beurteilen, über die diskutiert wurde. Während sie sich also mit ihren Ideen fürs Filmemachen erst richtig beschäftigte, wenn sie die Firma verlassen hatte, ließ Walter alles, was ihn beruflich beschäftigte, konsequent im Büro zurück und trat aus dem einen in den anderen Flügel seiner Existenz. Das Rauschen der Isar drang zu ihnen hoch, wenn er spät das Schlafzimmerfenster öffnete.

In einer dieser Sommernächte über der Isar wurde Trixi durch sein lautes Gelächter wach. Walter war nachmittags von einer Reise in die Tropen zurückgekehrt. Er war am Bau einer Rakete beteiligt gewesen, und seine Firma hatte ihn zum Start nach Südamerika geschickt. Wachgehalten vom Wechsel der Zeitzonen, zufrieden an ihrer Seite liegend, aber trotzdem nicht ganz bei ihr, war er plötzlich vom Motorengetöse auf den Straßen an die Brandung des Atlantiks erinnert worden und hatte zu lachen begonnen. Und gerade dann erzählte er auf einmal aus seiner Techniker-Welt, von der er sonst alles für sich behielt, irgendetwas, das sie nicht verstand: von plumpen Tanks, von einem Fremdenlegionär, vom Urwald, von der Explosion am Himmel.

In der nächsten Zeit entdeckte Walter immer mehr Seiten an seinem Beruf, die ihn störten. Einmal kritisierte er betriebliche Abläufe, das andere Mal den unbeholfenen Umgangsstil hochqualifizierter Quadratschädel, wenn sie eine Minute nicht mit jenen Problemen zu tun hatten, die sie so virtuos zu lösen verstanden. Als ihm Mirko Zabel anbot, in seine Werbeagentur einzusteigen – ein Freund, der sich schon lange fragte, ob Walter nicht im falschen Beruf arbeitete –, griff er zu. Überrascht erlebte Trixi, dass Walter seine Existenz als Ingenieur in einem großen Metallwerk ablegte wie einen verschlissenen Mantel. Einige Jahre diente er Zabel als Informationsbeschaffer, Infobroker, wie sie es nannten. Es machte Spaß, Walter recherchierte kreuz und quer und konnte seine analytischen Fähigkeiten darauf verwenden, den Kern jeder Sache herauszuarbeiten, um ihn sauber präpariert auf den Konferenztisch bei *München leuchtet* (so hieß die Agentur) zu legen. Inzwischen aber waren die besten Textideen oft von ihm. Vor einigen Jahren hatte Mirko Zabel Bayern den Rücken gekehrt und am Oberrhein eine neue Agentur eröffnet, Walter war als Kreativdirektor mitgegangen. Die Firma war nun *Zabel und Freunde* benannt.

Trixi und Walter besitzen eine große Wohnung. Es herrscht kein Mangel an Platz, nur an Freunden. Für Trixis Arbeit ist es gleich, an welchem Ort sie wohnen. Inzwischen macht sie ihre eigenen Filme. Sie reist viel und sieht sich um. Wo sie abfährt, spielt dabei keine große Rolle. Dass sich Zahnpasta eignet, kleine Löcher in weißen Wänden zu stopfen, hat sie in einer Kölner Galerie beobachtet, wo zum Ausstellungsende eine junge Frau mit Tube in der Hand durch die Räume ging und danach alles wieder aussah wie neu.

Vorhin im Bett hat Walter wissen wollen, was sie so komisch finde, und sie hat ihm ein paar Zeilen aus dem Buch vorgelesen: »Offenbar hatte der Zirkus auf seinem Weg nach Fialta eine Vorausabteilung vorgeschickt: Eine Reklameprozession zog vorüber. Die vergoldete Rückwand eines Gefährts entschwand, ein Mann im Burnus führte ein Kamel, vier hintereinander gehende mittelmäßige Indianer trugen an Stangen Plakate, und hinter ihnen saß dank einer Sondererlaubnis der kleine Sohn eines Touristen im Matrosenanzug andächtig auf einem winzigen Pony.« Er hat sie nur gequält angesehen, nichts gesagt und ist aufgestanden.

Endlich kommt er aus dem Bad. Während der Kaffee in die Glaskanne tröpfelt, schneidet Trixi rohe Niere auf, die sie Bob auf den Boden stellt. Walter tritt mit der ersten Tasse hinaus auf den kleinen Küchenbalkon. Er hat einen blutgetränkten Fetzen Klopapier auf der Wange. Wie aus Blei gegossen steht er jetzt dort in der grauen Morgenluft, starrt vor sich hin und bietet dem Nebel die Stirn. Dahinter türmen sich, nur für ihn selbst zu ahnen, die bunten Bausteine einer ungeordneten Welt. Walter nippt am dampfenden Kaffee und geht hinein, gehüllt in einen Pelz aus kalter Luft, der sich schnell auflöst, während er am

Tisch sitzt und Trixi zulächelt. Vom Küchenboden steigt beißend der Gestank der Niere auf. Er sagt leise ein paar Worte über die Schwierigkeiten, denen sie infolge der Wirtschaftskrise ausgesetzt sind. Immerhin lebt die Agentur davon, dass es anderen, die etwas anzubieten haben, gutgeht. Er ist nicht enttäuscht, als er merkt, dass Trixi mit ihren eigenen Gedanken anderswo ist. Erzählte er ihr etwas über sein Leben, über das Glück, das ihn durch sie erfüllt, wäre sie nicht so abwesend. Sie träumt vor sich hin – bis ein großer Knall dem ein Ende setzt.

Tatsächlich nimmt Trixi nur einen Teil von dem auf, was er in halbdeutliche Sätze gepackt von sich gibt. Das alles kennt sie nämlich schon. Bitteres Gerede, nichts als verbale Galle – eigene Kraftvergeudung und Behinderung für sie. Ihm allzu sehr zuzuhören kann sie sich gar nicht erlauben, weil niemand hinter ihr steht, der sie aufrichten und in schöpferische Laune zurückversetzen wird, wenn Walter in seine geschniegelte Firma verschwunden ist, die ihm jeden Morgen erst einmal beweist, welchen Erfolg er trotz allem hat. Sie hingegen ist auf sich selbst gestellt. In ihren Gedanken geht es um ganz andere Fragen: Wie kann sie einen Dokumentarfilm über einen Maler drehen, der nicht mehr am Leben ist und den sie deshalb nicht mehr befragen kann? Auf welche Weise lassen sich seine Bilder abfilmen? Und wer ist in der Lage, das zu machen? Trixi trinkt etwas von ihrem grünen Tee und steckt sich eine *Clea* an. Der Rauch schwebt über dem Tisch. Sie hat keinen Hunger. Bilder fliegen durch ihren Kopf, Männer und Frauen, geometrische Körperteile, gemalt in klaren Farben.

Walter nimmt nichts von alledem wahr, es geht an ihm spurlos vorbei, während er weiter seine apokalyptischen

Stimmungsberichte aus dem Innenleben der Weltwirtschaft in die Kaffeetasse haucht.

»Dieses Leben ist eine einzige Zumutung, ohne Freunde, immer nur arbeiten, Tanz ums Goldene Kalb, das längst zum Gerippe aus Bimsstein abgemagert ist, du kannst dir nicht vorstellen, wie sehr mir das alles hier zum Hals heraushängt«, flüstert er nach einiger Zeit unvermittelt, und da sie nur schweigt, setzt er nach: »Druck und Hetzjagd nach Erfolg, bis weit über die Grenze des Erträglichen. Aber du verfügst ja Gott sei Dank über genug pompöses Gerede zwischen zwei Buchdeckeln, an dem du dich erfreuen kannst.«

Hinter all seinen Worten sieht Trixi immer wieder nur, wie ein Rasiermesser durch einen Augapfel gezogen wird. Sie versucht ihre Gedanken auf die Frage zu richten, worum es eigentlich geht auf den Bildern dieses Malers, in den intensivfarbigen Kompositionen, die abstrakte Flächenverhältnisse und stilisierte Körperlichkeit vereinen, samt lustvoll ausgeführten Attributen aus Leder und Schnallen, die man anfassen zu können glaubt.

Walter ist noch nicht am Ziel: »Die Lage, in der ich bin – in der die Welt ist! –, verlangt mir alles ab«, haucht er scharf, »alles, mehr als zu ertragen ist.« Er spricht wie zu sich selbst, als bemühe er sich nach Kräften, seine Frau, die ihm am Frühstückstisch gegenübersitzt, mit allem zu verschonen, was seine Existenz belastet. Plötzlich sieht er ihr in die Augen, lässt den letzten süßen Schluck auf dem Boden der Tasse rotieren und sagt im Tonfall nüchterner Betrachtung: »Die Wochen fliegen vorüber. Das Leben zieht dahin. Rauscht fort. Prasselt auf uns nieder, die Frage ist nur, zu welchem Gully es einen gerade fortspült.«

Wenn er so anfängt, weiß Trixi, noch während er es

ausspricht, was nun mit unerbittlicher Konsequenz folgt, so wie ein oben auf der Treppe fallen gelassener Ball niemals auf der zweiten Stufe liegenbleibt. Am Abend, spätestens am nächsten Morgen, ist das Sumpfgas aus seinem Kopf entwichen, sein Gemüt hellt sich auf. All das hat keinen Einfluss auf den Lauf der Welt. Nur der Kalender muss umgeblättert werden, ein weiterer Tag ist dann vorbei.

Werbung

Als Fremdkörper in der glänzend durchstilisierten Atmosphäre der Agentur hat Walter ein privates Foto an die Wand hinter seinem Schreibtisch gehängt: Die fünfjährige Trixi, aufrecht und tapfer vor der Rainkirche – weiter hinten eine Lärche, die auf einnehmende Weise den Kopf hängen lässt. Bereits damals haben Trixis Augen so geschaut, in sich gekehrt und verheißungsvoll. Ernst spricht aus ihren kindlichen Zügen, die kreatürliche Abwehr jeglicher Doppelbödigkeit und ein Wissen, das in sich trägt, was kommen wird. Eine Schwarzweißaufnahme auf Chamoispapier mit gezacktem Rand. Ettore Ghedina hatte seine Balgenkamera stets zur Hand, immer wieder seine Frau und seine Tochter. Das gelbliche Kinderfoto an Walters Wand ist sein Feldzeichen. In der Agentur verstehen sie sich als Kämpfer. Gladiatoren. In den Geschäftsräumen von *Zabel und Freunde* gibt es keine Galerie von Urlaubsgrüßen, auf den Monitoren liegen keine kleinen lustigen Gegenstände. An den Flurwänden prangen weder Plakate noch Überreste spektakulärer Kampagnen. Das brauchen sie hier nicht. Sondern Klarheit. Klinische Reinheit wie in der Chirurgie. Sie operieren fremde Gefühle.

An diesem missratenen Morgen sieht Walter erst einmal im Computer die über Nacht aufgelaufenen E-Mails an, dann kommen die echten Briefe an die Reihe. Auf einem Umschlag prangt das schlecht gemachte Emblem, mit dem sich die *Bürgerrechtsbewegung* zu erkennen gibt, eine erst im Vorjahr gegründete Partei, die Angst, Neid und Versprechungen so kombiniert, dass sich offenbar viele Menschen angesprochen fühlen. Die anderen Parteien beteuern, sie wollten mit der neuen Fraktion nichts zu tun haben. Es gilt nun also, von der anrüchigen Gruppierung zu einer für weite Kreise der Bevölkerung dauerhaft attraktiven politischen Kraft zu werden, der zugetraut wird, in absehbarer Zeit Verantwortung zu übernehmen. Und jetzt will sie natürlich auch einen anspruchsvolleren graphischen Auftritt haben. Der Geschäftsführer der *Bürgerrechtsbewegung* fragt sogar, ob man sich nicht gelegentlich zusammensetzen könne, um Möglichkeiten zu diskutieren, das – wie es in dem Schreiben formuliert ist – leider etwas diffuse Erscheinungsbild seiner jungen Partei zu verbessern. Was nur darauf hinauslaufen kann, ihre allzu klaren Umrisse im Nebel professioneller Stimmungsmache untergehen zu lassen.

Wie kommen denn gerade wir zu der Ehre, fragt sich Walter. Talent fürs Geschäft ist diesen Leuten – ob nun sympathisch oder nicht – kaum abzusprechen. Ihre Ziele wechseln je nach der politischen Großwetterlage, auch die Vorstellungen, wie sie zu erreichen wären. Bloß was eigentlich dahintersteht, bleibt gleich. All das stößt ihn ab, aber das ist seine Privatangelegenheit. Dass er nicht mit jedem Klienten auch außerhalb seiner Berufssphäre gern zu tun hätte, gehört eben dazu. In diesem Fall, findet er, sollte aber auch die Agentur klugerweise Abstand halten. *Zabel und Freunde* haben bei dieser Sache wenig zu gewinnen und viel zu verlieren. Vielleicht langt es, ans Image zu denken. Und dann legt Walter den Brief in den Korb mit den guten Nachrichten: Sind die Auftraggeber nicht seriös, entfällt für *Zabel und Freunde* die Pflicht zu vollständiger Loyalität.

Die Kommunikation wird zum Spiel, bei dem niemand so leicht mitbekommt, wem dabei was mitgeteilt wird. Demagogen mit ihren eigenen Mitteln aufs Kreuz legen, ohne dass sie es merken, das muss doch eigentlich ein Fest werden. Die wollen es »diskutieren«? Dann sollen sie ihren Willen haben.

Die Mehrzahl ihrer Klienten hat freilich anderes zu verkaufen als politische Stimmungsmache. Die kommt aus der Industrie. Dort beklagen sie allesamt ihre Geschäftslage so einhellig, wie Walter es noch nie erlebt hat. Aus gutem Grund hält die Agentur Kontakt auch zu Firmen, mit denen sie gerade keine Geschäfte abwickelt. Niemand soll vergessen, wer jederzeit mit frischen Ideen bereitsteht, wenn es aufwärts geht. Mirko behauptet allerdings, dass es längst wieder (wenn nicht die ganze Zeit über) so ist und sich die Profite nur verlagern. Er deklariert das mit Händen zu greifende Desaster zum Werkzeug um, mit dem die weltwirtschaftlichen Regeln modernisiert und die Gewinnströme optimiert werden. Walter wäre schon froh, wenigstens einen Tag über das sonnige Gemüt seines Chefs zu verfügen.

Um elf versammeln sich alle am Konferenztisch. Mit Glätte, die sein blanker Schädel bekräftigt, gibt Zabel die jüngsten Hiobsbotschaften bekannt. Einer ihrer wichtigsten Kunden, ein Autozulieferer, lässt seit einiger Zeit die Rechnungen offen. Dort ist, wie Mirko Zabel ungerührt feststellt, nichts mehr zu holen. Auch die anderen Agenturmitarbeiter zeigen sich kaum beeindruckt von Nachrichten solcher Art. Sorgen macht sich niemand außer Walter. Es beginnt eine rege Diskussion über einige unspektakuläre Projekte ziemlich am Rand des Geschäfts, die ihn langweilen, zum Beispiel die Radiowerbung für ein Musical. Neue Entwürfe aus einer Serie ironischer Zigarettenplakate werden herumgezeigt und zur Vorführung bei den Auftraggebern freigegeben. Ein Mitarbeiter referiert knapp, wie sich die Biomargarine auf dem Markt durchsetzt und was in diesem Zusammenhang weiterhin geplant ist. Gegen Ende der Konferenz geht die Sekretärin Sandra Dubrow – mit unzeitgemäßen Instrumenten in der Hand, einem großen Kalender, Bleistift und Radiergummi – vor versammelter Runde noch einmal alle Termine des Tages durch. Zabel nickt. Bevor sie aufstehen, wird der kraftsprühende Edgar Maurer, der bei jeder Witterung dreißig Kilometer mit dem Rennrad zur Arbeit fährt und vom letzten Unfall den Mund noch voller silberglänzender Schienen und Klammern hat, darauf angesetzt, eine trickreiche Kampagne zur Imageaufbesserung der *Bürgerrechtsbewegung* zu skizzieren – mit dem Ziel, wie Walter sagt, ihr vordergründig zu nützen und zugleich das Personal an der Spitze aus der geschützten Heimlichkeit heraus ins Licht ziviler Vielfalt zu holen. Mirko Zabel sieht zu ihm hinüber – eine neue Theorie? Und Edgar Maurer, findet Walter, soll sich ruhig daran die schiefen Zähne ausbeißen.

Bob

Wie eine Mauer steht draußen vor dem Fenster dichter Nebel. Trixi ist nach dem Frühstück ins Bett zurückgekehrt. Das Stärkungspulver, von dem man selbst nach Auffassung des Herstellers allenfalls ab und zu eine Prise in Fruchtsaft verrührt zu sich nehmen soll, wird von ihr trocken aus dem Glas gelöffelt. Sie hat vor sich einen großen Band über den Maler Richard Lindner. Ihre braunen Augen, leicht umschattet im Zentrum des breiten blassen Gesichts auf Beute wartend, dieselben wie auf dem Kinderfoto in Walters Büro, sind Raubtiere. Mit all der Sinnlichkeit, die nur grausamen Geschöpfen eigen ist.

Bob liegt schmatzend neben ihr und lässt sich die Wärme von den umweltunfreundlichen Glühbirnen auf den Leib strahlen. Zum Glück hat sie rechtzeitig einen größeren Vorrat davon angelegt. Unter der Stehlampe, zweimal hundert Watt, die sie an solchen Tagen schon morgens ans Bett heranzieht, ist Bobs Fell gar nicht so schwarz. Vermutlich haben da im Lauf der Geschichte einige rote Vorfahren mitgemischt. Der Katzengeschichte: Sie erzählt davon, dass die Katzen irgendwann aus eigenem Entschluss bei den Menschen einzogen und damit ein neues Kapitel der Weltgeschichte aufschlugen. In grauer Vorzeit, angestiftet wahrscheinlich durch die Göttin Bastet. Damals haben Bobs Urahnen im Schatten der Pyramiden beschlossen, ihr Leben unter freiem Himmel gegen ein häuslicheres in menschlicher Gesellschaft einzutauschen. Freilich sind ein paar tausend Jahre nicht genug, die Empfindlichkeit von Katzenohren abzustumpfen gegen all das, was sich vor oder hinter der Tapete abspielt. Jedes noch so feine Knirschen des Deckels alarmiert Bob im entferntesten Winkel der Wohnung, wenn Trixi das Glas mit aller erdenklichen Vorsicht im Schutz der Bettdecke aufschraubt. Verborgen vorerst jener Satz horniger Krummdolche, mit denen er Trixi bei Bedarf im Vorübergehen heftig blutende Wunden verpassen kann, die (anders als die feinen Schnitte, die Walter sich zufügt, weil er das Messer elektrischen Apparaten vorzieht, wodurch er sich »besser ausrasiert« fühlt) mit der Zeit kleine weiße Narben hinterlassen. Trixi schüttet etwas von dem Pulver in die hohle Hand, wo sich Bobs Sandpapierzunge an die Arbeit macht: an die schwere, süße Fron des Genießens, die sich wie ein Kummer auf seine Züge legt, eine saure Pflicht, der man aber nicht ausweichen kann.

Sie betrachtet das Bild, mit dem Richard Lindner die Tür zu seinem Werk aufgestoßen hat. In der Mitte die Rückansicht einer nahezu unbekleideten Frau. Rot-blau gestreifte Strapse laufen über das Fleisch zu den violetten Strümpfen hinab. Ihr Korsett setzt sich aus vielen Farben, Formen und Mustern zusammen. Eine spektakuläre Schnürung, den ganzen Rücken hinauf bis zu den Schulterblättern, endet in einem maskenartigen Einsatz aus grün schillerndem Satin, aus dem zwei rote Knöpfe Trixi anfunkeln, fast so wie die Pupillen der riesigen roten Katze, der die Frau auf dem Bild ihre Hand entgegenstreckt. Erst als er die Fünfzig überschritten hatte, war Richard Lindner ganz bei dieser Konstellation und damit zugleich bei sich selbst angelangt. Das Bild heißt *The Meeting*, ein Amalgam aus Erotik und reiner Malerei, das in den abstrakten Baukasten der Farben und Formen greift, so wie für diese unwirkliche Korsage dort. Der Maler hat sich auf diesem Bild auch selbst dargestellt, als Knabe im Matrosenanzug, umringt vom Zirkus seines weiteren Lebens, Freunden, Traumgestalten und Frauen: Porträts von denen, die damals wichtig für ihn waren, und Visionen seiner erotischen Mythe. All das in einem Bild – Lindner hatte den Weg zum »Meeting« gefunden.

Das ist der Stoff, aus dem ihr nächster Film werden muss. Und je mehr sie darüber nachdenkt, desto besser versteht sie, wie schwierig es werden wird. 1901 in Hamburg geboren und 77 Jahre später in New York gestorben, ist Lindner auf der Bühne des 20. Jahrhunderts einsam geblieben – anders als alle anderen. Nach langem Weg unversehens eine strahlende Gestalt im Zentrum des Geschehens, aber dann schnell wieder am Rand, weil seine Kunst nirgendwo richtig dazugehörte. Er hat sein Schicksal geformt, ohne Referenz an das, was andere um ihn herum malten, ob in New York oder Europa. Aus seiner Heimat verjagt, von keinem Land ganz für sich zu reklamieren und mit keiner einzelnen Zeitspanne vollständig zur Deckung zu bringen, vielmehr eins mit der Geschichte und mit den unzähligen Geschichten, aus denen sie zusammengesetzt ist. Seine Malerei gab ihm das Gefäß für all das in die Hand, und die Wärme der Liebe, die sie auszudrücken vermag, strahlt weiter.

In welchem Alter man zur Entfaltung gelangt, ist egal. Glücklich, denkt sie, wer irgendwann zu sich selbst vorstößt. Sein Leben als Mann gab ihm die Chance dazu. Ebenso glücklich, wer den Ort erkennt, wo er sie ergreifen kann. Nicht in Berlin, München oder Paris, weder mit zwanzig noch mit dreißig oder vierzig, in New York erst gelang es ihm. Die Motive, die in Manhattans Straßen auf ihn warteten, verknüpfte er mit Erinnerungen, die er aus Deutschland nach Amerika hinübergebracht hatte – aus der Vorzeit direkt in die Zukunft. Seine Bilder, spürt Trixi, erweitern den Boden, auf dem sie selbst sich bewegt.

Mit ernstem Ausdruck sieht Bob ins Leere, während er sich müht, das Pulver abzuschlecken, das an seinem grau geriffelten Gaumen klebt. Das Lindner-Buch fällt vom Bettrand und landet laut auf dem Boden. Trixi erschrickt, sie hat nicht bemerkt, dass sie schläft. Jetzt muss sie aufstehen, auch wenn der Kater es nicht wahrhaben will und mit demonstrativ zitternder Umständlichkeit vom Bett turnt.

Walter wird erst am Abend zurückkommen. Hoffentlich besser aufgelegt. Aber wahrscheinlich all die doppelbödigen Einfälle des Tages mit sich tragend, die sich nicht abschütteln lassen wie Staub. Sein Kopf angefüllt mit Zynismus und Aufstellungen, die besagen, wieviel die Agentur für ihre Umsetzung in Rechnung zu stellen beabsichtigt. Netto und brutto. Sie versteht ganz gut, dass er das nicht aushält.

Grauen

Das Haus ist leicht zu finden. Im Hof steht mit offenem Laderaum ein Lieferwagen. Er trägt die Aufschrift *Kupka Fußbodenbeläge.* Kupka, so heißt der Mann, mit dem sie gestern auf seine Annonce hin telefoniert hat. Er erwartet Trixi hinter einem verbrauchten kleinen Schreibtisch, dichtgereihte Ordner füllen die Fächer eines Hängeregals. Das Zimmer mit Küche und Bad liegt im ausgebauten Dachboden des rückwärtigen Anbaus – ob sie alleine einziehen wolle, fragt Kupka auf den Stufen. Sie brauche keine Wohnung, antwortet Trixi, sondern ein Büro, einen Platz zum Arbeiten. Tageslicht sei wichtig, ruhig habe es zu sein, sie muss bei der Arbeit nachdenken. Das kleine Apartment wirkt in seiner schlichten Nüchternheit freundlicher, als zu erwarten war nach allem, was sie in den letzten Wochen besichtigt hat. Frische Farbe strahlt von Wänden und Türen, und auf dem Fußboden liegt makelloses Parkett, auf dem man trotz harttönender Versiegelung keinen festen Boden unter den Füßen spürt.

»Gerade ganz neu gemacht«, hebt Kupka an, »ist alles auf den letzten Stand gebracht, wie Sie sehen. Bislang hat hier meine Tochter gewohnt. Sie arbeitet inzwischen in Hamburg …«

Trixi kürzt seinen Bericht ab, denn sie hat sich bereits entschlossen. Dass es sich nur um einige Monate handeln wird, solange die Arbeit an dem Film eben dauert, behält sie erst einmal für sich. Jetzt ist alles so sauber und unbenutzt, wie es nach ihrem Auszug natürlich nicht mehr sein kann. Schon lange ist jedem Film, den sie macht, eine eigene Wohnung gewidmet, die in ihrer Erinnerung dann für immer nach dem riecht, was sie dort zu leisten hatte.

Einen Moment innehalten, denkt sie, wieder auf der Straße mit dem Mietvertrag in der Tasche. Den Weg zwischen der Wohnung und diesem Studio wird sie in Zukunft regelmäßig gehen. Er führt durch ein Viertel voller Gründerzeithäuser. Im warmen Licht der Herbstsonne leuchten die Mauern in allen Zuckergussfarben um die Wette, überfrachtet mit plumpen Scheußlichkeiten. Wem fällt die Ungeschlachtheit solcher Fassaden noch auf? Den Annoncen zufolge, die sie in den letzten Wochen durchgesehen hat, handelt es sich bei alledem, eigentlich bei der Hälfte aller Häuser dieser Stadt, um *Jugendstil*. Die Immobilienmakler nennen alles *Jugendstil*, was den Krieg überstanden hat. Später Errichtetes heißt bei ihnen *Bauhaus*.

Im Gebüsch hinter dem schwarzlackierten Gitterzaun des Botanischen Gartens brummt eine Heckenschere. Wie lange ist sie nicht im Gewächshaus gewesen? Umso merkwürdiger und fast ein wenig unheimlich, dass ihr alles dort dann so vertraut erscheint. Gleich umfängt sie wieder die schwere Luft zwischen den warmen Pflanzen. Eine sonderbare, hautnahe Privatheit, wie unter der Bettdecke oder in der engen Sprecherkabine, wenn sie den Kommentar zu einem Film aufnehmen. Ein Film ist kein Gefühlsstrom, er besteht aus zahllosen kleinen Fakten, die man erst einmal schaffen muss, hat sie Walter gestern zu erklären versucht, der sich genau das nicht richtig vorzustellen vermag, auch wenn er seine halbe Jugend im Kino verbracht hat. Beim

Animationsfilm ist das jedem bewusst, aber es gilt für alle Filme, hat sie ihm zu verstehen geben wollen: »Da ist gar nichts, wenn man es nicht erst hergestellt hat – Bild für Bild, Ton um Ton. Eine einzige Abfolge von Entscheidungen, Detail für Detail. Und das ist die filmische Methode, Ideen zum Leben zu erwecken.«

Er hat sie angesehen und gesagt: »Womit, denkst du eigentlich, beschäftigen wir uns den ganzen Tag in der Agentur?«

Sie richtet den Blick hinauf zum Glasdach, wo Luken offen stehen, die etwas frische Luft hereinlassen. Alles atmet Feuchtigkeit aus zwischen den riesenhaften Urwaldgewächsen unter der hohen gläsernen Kuppel, und der Platz zwischen Trixi und all dem anderen in der Welt, gestern, heute, morgen, scheint angefüllt mit einer unwirklichen Substanz – warm und gefährlich. Zwei Türen aus schmutzigem Glas und Eisen trennen den hinteren Trakt hermetisch ab, wo die Luft kühler ist. Ihr Blick fällt auf ein paar farblos verkümmerte, nur skizzenhaft angedeutete Pflanzengebilde, die sich beidseits des Pfades auf den Boden ducken, als erwarteten sie einen festen Tritt von oben. Dann erst nimmt sie weiter hinten riesenwüchsige Kakteen wahr, wie sie in Wildwestfilmen den Horizont möblieren. Hinter den Unebenheiten und Verschmutzungen der alten Verglasung sieht sie im Sonnenschein das barocke Schloss. Wenn sich sogar Walter ein so falsches Bild ihres Lebens macht, liegt es womöglich an der Pralinenschachtelatmosphäre, in die einen diese Stadt bettet. Von der hellen Fassade hebt sich vielfarbig das Laub der Bäume ab. Ein morbides Kammerspiel. Trixi verlässt den Park.

Eigentlich ist sie entschlossen gewesen, nicht erst lange zu warten und die technische Ausstattung der neuen

Räume gleich in Auftrag zu geben. Aber wenn sie jetzt daran denkt, sich in eines der tristen Telefongeschäfte bemühen zu müssen, schwindet ihr Elan – beim Gedanken an Verkäufer, die in ihre Computerbildschirme starren und dabei roboterhaft nur von ihnen selbst zu deutende Zahlen und Silben aneinanderreihen. Sie will bloß noch nach Hause und freut sich darauf, Walter am Abend damit zu überraschen, dass sie endlich Erfolg hatte.

Der Tag hat ihm sichtlich zugesetzt, aber jetzt ist er entschlossen, sich zu entspannen. Als er nach einer heißen Dusche bequem gekleidet wieder auftaucht, wirken seine Züge nicht mehr ganz so verbissen. In der Küche öffnet er eine gekühlte Flasche Chablis und kommt mit zwei Gläsern zu dem Sofa, auf dem Trixi liegt. Der eingerollte Kater zu ihren Füßen rührt sich nicht und schiebt das Lid halb vom Auge. Bob würde im Ganzen mehr Reglosigkeit vorziehen und gerne weiterschlafen. Auch Trixi ist müde gewesen, als sie heimkam. Sie hat sich hingelegt, mit dem Kater zu Füßen und dem großen Buch über Lindner neben sich. Merkwürdige Träume sind in ihr aufgestiegen, in denen sich die Muster des Kelims auf den Dielen ihres Kinderzimmers in dem Mieder fortsetzten, dem einzigen Kleidungsstück einer Frau, die über ihren nackten Brüsten einen schmalkrempigen Hut auf dem runden Kopf trug. Neben ihr saß ein Mann, dessen Hirn angefüllt war mit geometrischen Formen und einer Sonne, deren Strahlen sich mit dichten Wolken abkämpften. Der Mann richtete den Blick in die Ferne, wo er ein Ziel anvisierte, das nicht auszumachen war. Er beachtete die Frau nicht. Und gerade als Trixi darauf kommt, dass es sich bei dieser Frau um sie selber handelt, steht Walter mit dem Weinglas vor ihr.

28

»Hast du eigentlich schon etwas gehört zu deinem Projekt? Gerber wollte doch dein Exposé verschicken. Hat sich schon jemand geäußert?«, fragt er.

Dabei bleibt es, als sie nichts dazu sagt. Trixi ist plötzlich nicht mehr in der Stimmung, ihm gleich von ihrem Tag zu erzählen. Sie behält die Nachricht erst einmal für sich, dass sie die Räume gemietet hat. Wenn er so aufgelegt ist, wird er kaum imstande sein, sich mit ihr zu freuen, sondern findet bestimmt sofort heraus, wo das Problem bei dem liegt, was sie für die Lösung hält. Bob hat sich auf die Beine gestellt, seinen Rücken gewölbt und ist dann vom Sofa gesprungen. Seine Krallen ticken leise über die Steinfliesen der Küche. Dann schleckt er etwas Wasser, gerade noch vernehmlich, wenn man darauf achtet. Walter setzt sich zu Trixi und gibt ihr den Wein. Er ist müde, hundemüde. Zügig leert er sein Glas und geht nach kurzer Zeit zu Bett. Trixi sieht sich in der nachtschwarzen Balkontür gespiegelt auf dem Sofa liegen. Etwas später folgt sie ihm.

Walters Augen schließen sich, sobald er ausgestreckt ist. Verärgert denkt er noch, dass Mirko (behauptend, der Agentur auf diese Weise den wichtigsten Zukunftsmarkt zu erschließen) einen gewissen Fu Biao auf Firmenkosten zu einer unglaublich teuren Verkostung uralter Maltwhiskys eingeladen hat – mit keinem anderen Resultat als einem betrunkenen Chinesen. Natürlich handelt es sich um Mirkos Geld, es ist seine Firma, aber wenn die mehr ausgibt als sie einnimmt, kann das niemandem gleich sein, der dort beschäftigt ist. In der nächsten Sekunde ist Walter eingeschlafen. Licht stört ihn nicht – nicht am Morgen und nicht in der Nacht. Trixi liest noch. Als sie nach einigen Seiten hinübersieht, bemerkt sie, wie sich die Spannung aus seinen Zügen auch im Schlaf nicht löst. Er atmet heftig, *denn erst sieht er nichts als zwei machtvolle Fleischsäulen, ihre Beine, lang und fest in einem Minirock aus Leopardenfell verschwindend, der sich eng und knapp um ihre Hüften spannt. Walter schaut hoch zu ihr. Sie erblickt sein Gesicht, ihre roten Lippen entblößen herrliche weiße Zähne, und ein Lachen bricht aus ihnen hervor, wie es noch nie irgendwo zu hören war. Da steht fest, was er zu tun hat: Er zieht seine Pappnase ein Stück aus dem Gesicht und lässt sie dann ganz plötzlich an ihrem Gummiband zurückschnellen. Zack! Der Leopardenrock bebt vor Freude. Sie lacht. Lacht vor Lust: »Was machst du denn da, Mohnerlieser?«*

Der Herbst aber, wird ihm da klar … dass ihm der Herbst noch einmal so schön erscheinen kann – wieso denn eigentlich noch einmal?*, begehrt es in ihm auf. Dirk Amy Mohnerlieser, wie sein Name in der Tat lautet, registriert erstaunt, dass die Angst vor dem Herbst, die sich vor langer Zeit in seiner Brust einnistete, plötzlich von ihm abgefallen ist.*

»Wenn es nur darum geht, dass ich von A nach B gelange …« Dieses Geschwätz im Radio ist ja nicht länger zu ertragen. Mohnerlieser stellt den Apparat aus: »Von A nach B? Schweinerei!«

Walter Tomm wälzt sich im Bett, in seinem Mund hat sich ein seifiger Geschmack breitgemacht. Vielleicht taugt der Chablis doch nicht viel, wenn er auch ein Heidengeld gekostet hat. Walter greift neben sich und kippt ein Glas Mineralwasser. Furcht vor dem Herbst? Schön wär's, denkt er an seinen Traum, wenn es nur eine Jahreszeit wäre. Nachdem er vor ein paar Stunden besinnungslos weggesunken ist, wartet nun die polierte Ebene seines Bewusstseins darauf, dass die Ängste aus der Dunkelheit herangekrochen kommen. Natürlich, um vier tanzt das Grauen Rumba – all der Schauder, der sich ans Licht nicht wagt. Aber es gibt Regularien, Abläufe, die sicherstellen, bei

30

Licht wird alles anders aussehen, als die Furcht es erzwingen will. Und mit der Rasur zieht die Wirklichkeit in die Schlacht gegen die Angst.

Neben ihm gibt Trixi im Schlaf ein leise-lustvolles Stöhnen von sich. Oder? Ob ihr etwas Sorge bereitet? Wie sehr man ihn auch liebt, zum eigentlichen Geschehen im Kopf des anderen hat niemand Zutritt.

»Walter«, sagt die helle Stimme aus dem Schlaf neben ihm zärtlich.

Crème brûlée

An der *London Metal Exchange* werden die Geschäfte täglich von 11:40 Uhr bis 13:15 Uhr und dann noch mal von 15:10 Uhr bis 16:35 Uhr abgewickelt, jeweils mit zehn Minuten Pause. Aber das bedeutet nicht, dass Stelter nur auf einem fein abgezirkelten, gepflegten Rasenstück zu kämpfen braucht, wo vielleicht zwischendurch auch noch Tee serviert wird. Von seiner Firma in Deutschland aus verfolgt er auf dem Bildschirm die Kursentwicklungen an der maßgeblichen Welt-Metallhandelsbörse für Zink, Zinn, Kupfer, Aluminium. Der Preis für Aluminium ist binnen eines Jahres um 60 Prozent gestiegen, der für Nickel um 130 Prozent, aber wer davon profitiert, steht auf einem anderen Blatt. Die meisten Kurse springen wild herum wie Pingpongbälle.

Sein Posten trägt dieselbe Bezeichnung wie ehedem, die Arbeit ist eine andere. Erfahrung zählt nicht mehr. Gewalten laugen Stelter aus, von denen niemand weiß, worin sie eigentlich bestehen und was sie tatsächlich wollen. Sie bestimmen jetzt einfach ohne erkennbaren Sinn über das Auf und Ab der Märkte, die gerade eben noch ein anderes Bild als nur das eines anarchischen Schlachtfelds geboten haben. Dann wollen wir doch einmal sehen, denkt er, während er ihrem Broker McIntosh in London die Route für den Nachmittag vorgibt. Stelter geht die Gespreiztheit, vor allem kombiniert mit dem Gossenjargon, zunehmend auf die Nerven. Es ist kurz vor halb zwei, er wirft noch einen Blick auf die Nachrichten, die *Bloomberg* bereithält, stellt den Computer ab und verlässt das Büro.

Mirko Zabel wartet im *Da Michele,* über ein Mineralwasser gebeugt. Er hat schon das meiste von dem Brot vor ihm auf dem Tisch verzehrt, als Stelter eintrifft. Sie sind im selben Golfclub und gehen gelegentlich zusammen essen. Irgendwie hat Stelter auch Einfluss darauf nehmen können, dass Zabel mit der Werbung für seine Firma beauftragt worden ist. Dort hat sich herumgesprochen, dass neue Partner gesucht werden, um das Bild aufzupolieren, das ihr Laden vor der Öffentlichkeit abgibt. Stelters Aufgaben sind zwar ganz anderer Art, aber er weiß, wie er einen Hinweis wirkungsvoll zu plazieren hat. Und Mirkos Agentur kann anscheinend gleich ein überzeugendes Konzept vorlegen.

»Wir arbeiten gerade mit voller Kraft an eurem zukünftigen Internetauftritt, du wirst sehen, was das jetzt für ein geschlossenes Ganzes ergibt – prachtvoll auf einem schillernden Hintergrund wie aus Stahl«, sagt Zabel. Sein Kreativdirektor Walter Tomm findet die Idee mit dem silber leuchtenden Fond geschmacklos. Aber diese Angelegenheit liegt in seiner Hand, und er kümmert sich nicht darum, was sein sophistischer Angestellter dagegen einzuwenden hat.

Im Unterschied zu Tomm findet Mirko Zabel auch nichts dagegen einzuwenden, mittags im Restaurant zu sitzen. Seinen Beruf übt er mit unkomplizierter Leidenschaft aus. In der Agentur ist es wieder ziemlich hoch hergegangen – gut so. Begonnen hat es morgens noch halbwegs geordnet, nahezu beschaulich, aber dann ist alles gleichzeitig über sie hereingebrochen an diesem chaotischen Oktobertag, und Zabel hat sein verschwitztes Hemd auswechseln müssen, bevor er zum Essen gefahren ist. Im Büro hängen immer ein paar frische, wie auch ein sauberer, unzerknitterter Anzug. Die Bilder, für die sie einen berühmten Fotografen mit Assistenten und allem, was er benötigte, nach Mauretanien entsandt haben, liegen jetzt vor, und nichts davon ist zu gebrauchen. Walter und er haben sich angeschrien, weil der Mann nicht kapiert hat, dass er ihnen diesmal nichts in der Art einer Modestrecke abliefern kann. Viel Geld verpulvert, die Zeit knapp, der Fotograf beleidigt und nervöse Auftraggeber, denen sie noch überhaupt nichts zeigen können. Von Aufgeregtheit darf man sich nicht anstecken lassen. Mirko Zabel jedenfalls behält dabei einen kühlen Kopf.

»Alle sind jetzt verrückt« bemerkt Stelter. »An der Börse geht es drunter und drüber. Die Banken steigen groß ins Rohstoffgeschäft ein und übernehmen die Lagerhäuser. Bei der zentralen Metallhandelsbörse sind weltweit ungefähr 550 Lager gemeldet, die ihre Daten nach London berichten. Wenn irgendwer die Preise manipulieren will, geht das ganz einfach – er schafft seine Bestände auf den Hof hinaus, statt sie in der Halle zu behalten, und schon sieht es aus wie eine Verknappung. Seit die Banken mitmischen, blickt erst recht keiner mehr durch. Sie ziehen dir förmlich den Teppich unter den Füßen weg. Schneiden dir die Eier ab. Dein Wissen aus langen Jahren nützt gerade mal zum Naseputzen. Eine einzige Erniedrigung, und genau das soll es auch sein. Ebenso gut könnten sie den dämlichsten Anfänger an meine Stelle setzen – ob mit oder ohne Ahnung vom Geschäft, du kannst ohnehin nur noch Fehler machen. Geht es doch noch einmal gut, hast du einfach bloß Glück. Gleich macht in London die Börse weiter, aber am *Clearing House*, wo sie erst gar nicht aussetzen, geht es rund. Und weißt du was: Auch denen macht es keinen Spaß mehr. Niemandem. Der Druck wächst und wächst und hat das Dasein schon längst so zur Luftnummer aufgeblasen, dass es sich kaum noch vom Vakuum unterscheidet.«

»Ich habe mit Ideen zu tun.« Zabel bemüht sich, mit der letzten Nudel den Rest der Sauce aufzunehmen. »Gedanken sind auch Luft. Je praller der Ballon gefüllt ist, desto besser. Ideen verlieren sich, wenn man sie nicht auffängt, sie sind etwas Leichtes, Beschwingtes. Deswegen haben wir in der Agentur auch keine Angst vor der Zukunft. Druck? Metall bedeutet Druck. Metall ist schwer, das ist eine andere Welt. Ich nehme Crème brûlée.«

Die Neue

Sandra wechselt schnell das Thema – Walter hat gerade noch ihr »Walter Tomm hat keine Kraft, das sage ich schon immer!« gehört – jetzt nuschelt sie schnell irgendetwas Unverfängliches, Ähnlichlautendes ins Telefon wie: »Bloß keine Atomkraft, alles andere, aber kein Atom!«. Er ignoriert den Vorfall, der ihr natürlich unangenehm sein muss, und verschwindet in seinem Büro. Wie jeden Tag sucht sein Blick dort zuerst das Foto an der Wand und darin Trixis Augen, die ihn ansehen. »Roses have thorns, and silver fountains mud.« Er setzt sich an den Schreibtisch und schaut sich um in seinem Direktorenzimmer. Komisch kommt es ihm plötzlich vor, dass er hier ist. Warum gerade an dieser Stelle, in dieser Stadt, mit der Trixi und ihn nichts verbindet? Warum sitzt er nicht in einem der vielen Ingenieurbüros bei seiner früheren Firma in München vor dem Computer und entwirft Raketenteile? Dort war es üblich gewesen, die Schreibtische zusammenzuschieben. Dieser Tisch hier ist zweimal so groß, Laptop und Telefon verlieren sich irgendwo auf der weiten Glasplatte. Das ist die Absicht: Großzügigkeit. Ausreichend freie Fläche. Bloß keine radiergummikrümelige Enge. Walter fasst die Zimmerecke hinten links ins Auge. Er stellt sich vor, wie sich dort ein Bildschirm mit dem dreidimensional bunt leuchtenden Entwurf eines neuen Raketentanks machen würde, dazu ein kunststoffbeschichtetes weißes Regal mit Kaffeemaschine und ein paar Tassen.

Vor ihm liegt die neue Post auf einem Haufen älterer unbearbeiteter Briefe. Daneben stapeln sich Unterlagen zu verschiedenen Projekten, in seiner Abwesenheit ist offenkundig noch einiges dazugekommen. Der Arztbesuch, den er gerade hinter sich gebracht hat, war erwartungsgemäß wieder blanke Zeitverschwendung. Baldrian? Das Töpfchen mit den wirkungslosen kleinen Dragees steht vor ihm. Solches Zeug wird einem in jedem Supermarkt nachgeworfen, dafür bedarf es nun wirklich keiner Untersuchung mit anschließender Verordnung durch einen Doktor der Medizin. Aber gut, er hat seiner Frau den Gefallen getan. Wenn er nicht achtgibt, wird er den spöttischen Unterton kaum vermeiden können, falls sie von ihm wissen will, was herausgekommen ist. Glaubt sie etwa, Mittel zur Behebung der Wirtschaftskrise würden vom Hausarzt verschrieben? Dass gerade überall, auf dem gesamten Erdball, die ökonomischen Grundfesten erst wanken, dann bersten und schließlich zusammenstürzen wie Badeschaum, ihr scheint das nicht aufzufallen. Er geht zum Kühlschrank im Konferenzraum, füllt ein Glas mit Eiswürfeln, auf die er Mineralwasser gießt, und spült eine Handvoll seiner Baldrianperlen hinunter. Auf dem Konferenztisch hat Cora Hagen, die neue Mitarbeiterin, ein paar Plakatentwürfe ausgebreitet und diskutiert sie gerade mit Rüdiger Tondorf. Im Vorübergehen weist er Sandra an, die noch immer wie ertappt aussieht, ihn mit dem *Tauchert Verlag* zu verbinden, was er schon einige Tage vor sich herschiebt. Mirko hat ihn darum gebeten.

Zu seiner Überraschung hört sich der Mann aus dem Vorstand keineswegs bedrückt an, sondern geradezu munter. Peinlich ist es ihm jedenfalls nicht, Walter unverblümt zu eröffnen, was allerdings schon durchgesickert ist: Dass

sie nämlich beschlossen haben, nach der spektakulär ge-
scheiterten Einführung ihrer wichtigsten und teuersten
Zeitschriften-Neuentwicklung seit langem keine weiteren
Zahlungen an *Zabel und Freunde* zu leisten. Das vereinbarte
Honorar sei maßlos überzogen und beruhe auf Vorausset-
zungen, die nicht mehr gegeben seien.

Walter verzichtet auf eine Diskussion. Das Blatt ist
überflüssig, und die Leute, die es kaufen sollen, lassen sich
das Gegenteil nicht weismachen. *Zabel und Freunde* haben
alles versucht, ihnen sind keine Fehler unterlaufen. Sie
haben bloß nicht Unmögliches vermocht. Die Anwälte lassen von sich hören, das ist alles, was er sagt, bevor er die
Unterhaltung beendet.

Am Abend verlässt er sein Büro etwas eher, als er es nach
dem beim Arzt vertrödelten Vormittag eigentlich korrekt
findet, aber er will sich endlich wieder einmal einen Film
ansehen, auf großer Leinwand, so wie früher. Er hat Trixi
am Morgen gefragt, ob sie sich nicht abends treffen wollen.
Weil sie mit einigen Leuten aus ihrer Branche verabredet
ist, kann sie nicht kommen. Das bedeutet auch, er wird
alleine essen. Was er dann auch irgendwo ohne viel Appetit
hinter sich bringt. Erwartungsvoll löst er eine Kinokarte.
Wann hat er das zuletzt getan? Den Platz kann er sich aussuchen. Nach früherer Gewohnheit setzt er sich in eine
hintere Reihe. Am meisten freut er sich auf diese Szene des
uralten Films: Der Statist eines Warschauer Theaters darf
endlich einmal eine richtige Rolle – die des deutschen *Führers* – spielen, und antwortet auf das übliche »Heil Hitler«:
»Ich heile mich selbst«.

Wie oft hat Walter an diese Pointe denken müssen. Jetzt
sitzt er im Kino und wartet, aber sie kommt nicht. Als es

hell wird und der Film vorbei ist, muss er sich eingestehen, dass er die meiste Zeit geschlafen hat.

Die Besucher stehen auf und schieben sich aus den Sitzreihen hinaus in den Gang, vor ihm zwei junge Frauen, die sich noch über den Film amüsieren. Vor dem Ausgang stockt der Zug ins Freie. Walters Augen hängen an dem zarten Nacken vor seinem Gesicht. Der Gedanke, dass sich diese Unbekannte die ganze Zeit über mit ihm im Dunklen aufgehalten hat, erregt ihn. Auf der Straße besprechen die beiden noch, welche von mehreren Partys sie zuerst ansteuern wollen. Die eine sieht zu ihm herüber.

Dann komm doch mit mir, geht es ihm durch den Kopf. Ich zeige dir, wo es langgeht.

Den kurzen Mantel trägt sie offen, das erlaubt Walter den Anblick ihres elastischen Körpers in Jeans und engem Pullover. Wieso soll er sie nicht ansprechen? Aber erst wenn sie fertig ist mit ihrer aufgedrehten Freundin, das kann nicht mehr lange dauern, und bis dahin tut er so, als fesselten ihn die Vorankündigungsaushänge. Anscheinend hat es geregnet, im Kino war davon nichts zu spüren, aber die Luft riecht frisch und anregend. Walter hat Lust, mit dieser Frau etwas zu trinken und zu hören, wie sich ihre weiche Stimme an ihn richtet. Aber da winkt die schöne Fremde ein Taxi heran, lässt ihre Freundin stehen und fährt davon.

Der Asphalt glänzt schwarz. Walter sieht die letzten Kinobesucher im Dunkel verschwinden. Bestimmt gibt es Leute, die sich vorspielen können, dass es ihnen Spaß macht, alleine in einer Bar herumzusitzen und die Olive im Martini zu baden. Walter sehnt sich nach dem Bett und einigen Stunden, in denen sein Kopf sich befreit fühlen darf von der rasanten Talfahrt eines Systems, in dem *Zabel und Freunde* nur ein winziges Teil sind.

Bob ist offenkundig verstimmt. Er liegt zusammengekringelt auf dem Sofa und ignoriert Walter auch, als er sich vorsichtig gestreichelt sieht und dabei einige nette Worte der Entschuldigung zu hören bekommt, weil sie ihn gleich alle beide so lange alleingelassen haben. Walter lädt den Kater ein, aufs Bett zu wechseln, in das er sich unverzüglich zu begeben vorhat. Auf dem Weg dahin nimmt er einen Band Shakespeare aus dem Regal, aber als er endlich unter der Decke liegt, merkt er, wie überflüssig der ist.

Kellner bringen Gang um Gang und füllen Glas auf Glas. Sein Freund sitzt ihm gegenüber, der berühmte Künstler aus New York. Gerade sind sie in einer Diskussion über die Farben als solche zum Rot als solchem vorgestoßen, da zieht der Maler ein Tübchen Krapplack aus der Tasche: Hiermit, schlägt er vor, soll er seine Nase tünchen. Was ist das denn? Ausgerechnet eine Tube Krapplack schiebt er ihm über den Tisch? Eine durchsichtigere, schwächere Farbe existiert wohl kaum! Wortlos lässt Mohnerlieser das unsympathische Aluminiumding in der Tasche seines Byssusseidenjacketts verschwinden – und später einfach in den Rinnstein gleiten, als er maßlos verärgert hinter seinem Chauffeur in den Bentley fällt.

Allerdings zahlt es sich für niemanden aus, den Magnaten veralbern zu wollen. Wer es dennoch versucht, wie dieser Pinseljockey, gewahrt zuerst gar nicht, was geschieht, dann aber bekommt er die volle Wucht der Energie vor den Latz geknallt, über die Mohnerlieser verfügt, weil das die Voraussetzung dafür ist, sich ganz oben zu halten. Noch in derselben Nacht geht er im Laboratorium seines Landsitzes an die Arbeit: entwickelt höchstpersönlich unter Verwendung kraftvollster Deckfarben die richtige Mischung. Denn er ist entschlossen, nichts dem Zufall zu überlassen, immerhin hängt davon ab, ob sie ihn ins Zimmer lassen wird. Nur wenn die Nase das exakt stimmende Rot aufweist, wird sie ihm erlauben ...

Zeit

Mirko Zabel hat das weiße Hemd weit geöffnet. Massiv und braungebrannt ruht der haarlose Kopf auf den Schultern. Mirko hat die Füße auf den Tisch gelegt und den Apparat so eingestellt, dass die Hände beim Telefonieren frei bleiben. Er benötigt sie, um zwischen den Fingerspitzen über einem brennenden Zündholz seine Zigarre zu drehen. Nebenbei verhandelt er mit dem Vorstandschef einer Fluglinie, die noch nicht in Schwierigkeiten ist. Durch eine Kopfbewegung gibt Mirko Walter zu verstehen, dass er sich setzen soll. Aus dem Lautsprecher kommt melodiöses Englisch und verrät die skandinavische Herkunft des Mannes, mit dem er spricht. Es ist vor einiger Zeit durch die Presse gegangen, dass die Fluggesellschaft einen norwegischen Manager berufen hat, der sich – auf den unterschiedlichsten Tätigkeitsfeldern, subtilere Branchenkenntnisse scheinen längst nicht mehr den Ausschlag zu geben – weltweit den Ruf vorzüglicher Entscheidungsstärke in Verbindung mit unbarmherzigstem Durchsetzungsvermögen erworben hat. Jetzt macht er deutlich, dass er irgendetwas Ausgefallenes, Neuartiges wünscht.

Mirko saugt entspannt an der langen Havanna und lässt seinen Gesprächspartner, der erfahren will, bis wann *Zabel und Freunde* das Konzept vorlegen können, bereits auf diese Antwort warten. Behutsam entlässt er eine kompakte Rauchwolke aus dem Mund, um dann in aller Gelassenheit dem Kunden ins Wort zu fallen und zu erklären, es habe eigentlich wenig Sinn, jetzt weiterzureden. Ehe er sich nicht mit den Kreativen seiner Firma ausgetauscht hat, kann er dazu sowieso nicht viel sagen – und verabschiedet sich.

Walter fragt sich nicht zum ersten Mal, ob er noch gut aufgehoben ist in Zabels Agentur. Sie haben sich einen Namen erworben, sind über die Branche hinaus bekannt. Doch kaum etwas verliert seinen Klang so schnell wie ein guter Ruf, der nicht tagtäglich aufgefrischt wird. Der Markt ist zusammengeschrumpft. Kostengünstigere Konkurrenten gibt es überall.

Mirko ordnet die Füße so, dass sie noch bequemer auf dem Tisch liegen, und fragt Walter jetzt, was er will.

Der hat vergessen, wieso er vor der routinemäßigen Lagebesprechung noch bei Mirko vorbeigegangen ist. Es wird ihm wieder einfallen, aber was hier gerade zu erleben gewesen ist, wirft die Frage auf, warum sie überhaupt noch miteinander sprechen, wenn sich sein Chef schon in einer strategisch so komplizierten Situation verhält, als lebten sie im Schlaraffenland. Während er sich verzweifelt Gedanken macht, wie sie dem Orkan von Ideen standhalten können, die von allen Seiten rücksichtslos aus den Hirnen brillanter junger Konkurrenzköpfe schießen, ist der Mann vor ihm mit dem Rauchen seiner Zigarre ausgelastet.

Wortlos verlässt Walter Mirkos Büro. Sie müssen neue Geschichten auf neue Art erzählen. Falls sie dazu keine Lust haben – andere werden es tun. Begreift Zabel das nicht? Ist er überhaupt noch imstande, Verantwortung für die Firma und ihren Kurs zu tragen? Sie können nicht herumliegen und abwarten, ihre einzige Chance besteht darin, früher da zu sein, wo andere später vielleicht auch hinwol-

len: vorzugreifen – sogar dem Geschmack der Auftraggeber. Zeit schinden bedeutet das Gegenteil. Mirko, der ihn
einst ganz aus dem Gespür heraus zum Eintritt in seine
Firma aufgefordert hat, dass ihre Mentalitäten und Fähigkeiten sich ergänzen, dass sie zusammenpassen, weil auch
Walter mehr wollen würde, als den Leuten zu suggerieren,
welche Marmelade auf ihrem Tisch stehen soll – Mirko
ist müde. Er hat sich ein Haus im Grünen gekauft, von
dem er schnell zum Golfplatz gelangt, wo er wechselnden
Mädchen auf immer gleiche Weise das Einputten demonstriert.

Walter hat sich mit einem Mineralwasser an seinen Tisch
gesetzt und sieht durch die gläserne Platte auf seine saft-
grünen Strümpfe zwischen der rosafarbenen Cordhose und
den schokoladenbraunen Wildlederschuhen. Auch er selbst
hat Mühe, wach zu bleiben. Nur liegt das ganz und gar
nicht an zuviel Zufriedenheit oder nachlassendem Kampf-
geist. Es ist das Ergebnis wachsender Unzufriedenheit,
dass Mirko und er nicht mehr an einem Strang ziehen.
Gefragt sind jetzt hintergründige Mitteilungsformen. Sie
haben mit Nicht-zu-Erwartendem und Schocks zu arbeiten. Wofür überhaupt geworben wird, darf sich einem nicht
aufdrängen. Ein realer Flugzeugentführer mit Bombe in
der Hand ist manchmal besser geeignet als ein Fotomodell
im nassen Hemd. Daran muss gefeilt werden, aber den
Wegen der Seele haben sie zu folgen. Wie stellt Mirko sich
denn ihre Kampagne für die *Bürgerrechtsbewegung* vor? Ohne
doppelten Boden wird ihr das entscheidende subversive
Element doch niemals einzubauen sein – und Walter hat
ihn im Verdacht, dass es ihm so genau auch nicht darauf
ankommt. Hauptsache der Kunde zahlt. Eine gründliche

Auseinandersetzung über ihr Selbstverständnis steht an. Womöglich aber, fragt sich Walter Tomm, ist all das den Einsatz nicht wert.

Er muss an die Haut hinter Trixis Ohren denken, daran, wie er es liebt, wenn der Wind in den feinen Haaren spielt. Ihre Filme kann sie überall machen. Warum suchen sie dann nicht zusammen nach dem Platz, wo es ihnen besser geht? Hat Trixi ihm nicht oft genug zu verstehen gegeben, dass sie sich keineswegs besonders wohl hier fühlt? Ja, es stimmt, die Atmosphäre dieses Landstrichs engt sie ein, stumpft sie ab. Sie bekommt nicht mehr mit, was außerhalb ihres Kopfs los ist. Auch er kriegt das zu spüren. Trixi scheint sich nicht die geringsten Sorgen zu machen. Zumindest nicht über die Wirtschaftslage. Ihre ganze Aufmerksamkeit richtet sich gebannt auf einen kleinen Mann mit riesigen Augen, der sich hemmungslos an sämtlichen Möglichkeiten absurder Aufzäumungen entblößter Körperteile berauscht hat, um das Ergebnis dann genüsslich in allen erdenklichen Farben auf die Leinwand zu pinseln. Wahrscheinlich ist Trixi mindestens so reif für einen gründlichen Richtungswechsel in ihrem Leben wie er. Er erwartet von ihr, dass sie sich der Wirklichkeit nicht entzieht. Walter verlangt von Trixi, dass sie ihn liebt – so liebt, wie sie es immer getan hat und er es kennt.

Er hängt nicht am schweren Auto, auch wenn er sich gerade ein neues gekauft hat. Er braucht keine große Wohnung. Warum beziehen sie kein Landhaus? Ein altes Haus aus Feldsteinen, das Trixi ihnen zu etwas ganz Besonderem herrichten wird. Statt blumentopfgarnierter Balkone kann er sich weites Land vorstellen, über das seine Schafherde zieht. Die schweren dunklen Laibe des Käses, den sie aus der Schafmilch machen, sollen alle Zeit erhalten, um in dunklen Höhlen auszureifen. Schluss mit der sinnlosen Hetze durch ein Leben, das schnell genug vorübereilt! Es bedarf bloß des Entschlusses zum harten Schnitt. Welche Revolution, wenn der Tag wieder ein Tag sein darf, der sich gemessen voranbewegt, so wie die Sonne über den Himmel zieht. Wenn man der Zeit ihre Würde zurückgibt, statt sie zu beleidigen.

Das Treffen

Zwischen den Bäumen wird mit reichlich Radau gearbeitet – als handele es sich darum, die Schweigsamkeit der im Botanischen Garten versammelten Pflanzen auszugleichen. Verträumt dem Motorenlärm hingegeben starrt ein Mann mit einer merkwürdig veralteten Tasche über der Schulter zu ihr herein ins Grüne. Wenn ihm das so gefällt, warum bleibt er draußen stehen, statt sich das Rasenmäher- und Kettensägenkonzert aus der ersten Reihe anzuhören, fragt sich Trixi. Auf dem Hof begegnet ihr Kupkas Frau in einem Schürzenkleid, das aus demselben Erdzeitalter stammen muss wie das traurige Gepäckstück des Mannes, den sie gerade gesehen hat. Frau Kupka murmelt einen unverständlichen Gruß und verschwindet in der Tür. Mit einem Haufen Reklame aus ihrem Briefkasten betritt Trixi das Studio und stellt die Kaffeemaschine an.

Irgendwie hat das Gerücht überlebt, Richard Lindner sei einer aus der Riege der Popkünstler gewesen, nur weil er zur selben Zeit wie Wesselmann und Rosenquist in Amerika malte und neugierig war auf das Leben draußen in den Straßen. Dabei ging es ihm um anderes als die plakative Oberfläche des Großstadtlebens. Seine Bilder sind formalisierte Erotik mit Frauengestalten, deren raffinierte Mieder, Gürtelschnallen und Brüste so gemalt sind, dass die Stofflichkeit des Dargestellten in die Materie des Farbauftrags übergeht. Ihre geschlechtliche Energie verzaubert noch klarste Geometrie und unmodulierte Farben aus dem Reich alter Nürnberger Lacke. All das ergibt die atemberaubende Apotheose der Verschmelzung von Liebe und Kunst. Materialisiertes Glück und Glücksversprechen. Der Mann mit Handschellen, Hut und roten Lippen in dem Buch vor ihr sieht sie direkt an, eingefasst in Muster aus farbigen Flächen. Seine Kleidung spielt zwischen beiden Welten, die für den, der ihn gemalt hat, eine einzige gewesen sein müssen: abstrakt und dabei zugleich mit konkretester Leidenschaft für die kleinen vom Schritt wegstrebenden Falten im Gewebe einer Hose.

Trixi entdeckt nun eine Seite an diesem Künstler, die ihr früher entgangen ist – möglicherweise hat sie sich auch einfach nicht dafür interessiert. Auf den Bildern von Paaren und Fremden, von Frauen oder Männern und oft auch noch einem Tier schlägt emblematische Vordergründigkeit in menschliche Tiefe um. Sie besitzen eine reine Seele. Je länger sie hinsieht, desto stärker wird sie von der Innigkeit berührt, die am Grund dieser Bildwelt ruht. Mit vierzig Jahren ist er nach New York gegangen, wo er sich endlich frei fühlte, seine Kunst ungebremst durch die Fesseln von Traditionen, denen er entstammte, zu entwickeln – ohne dabei zugleich all das, was er davon behalten wollte, fortwerfen zu müssen. Lindner war keiner der Emigranten, die sich in der Vergangenheit einrichteten. Bis ins Alter besaß er eine junge Ausstrahlung, wie auf Fotos zu sehen ist – ein paar davon kleben bei ihr an der Wand. Trotzdem waren viele seiner Freunde dort in New York ebenfalls Europäer, die als Flüchtlinge vor dem Naziregime nach Amerika gekommen sind: Der Zeichner Saul Steinberg und seine Frau, die Malerin Hedda Sterne, stammten beide aus

Rumänien. Die Fotografin Evelyn Hofer, mit der Lindner einige Jahre zusammenlebte und die so wie er aus Deutschland geflohen war. Gesucht ist die Form, in der sich all das, worum es ihr geht, zusammenbringen lässt. Tag um Tag füllt sie Karteikarten mit Notizen und Skizzen.

Viele Totalen, wenig Nahaufnahmen.

Manhattan – lange, ruhige Fahrt die Straße entlang, wo doch noch etwas in der Luft sein muss von seiner Existenz. Schwenk hinauf bis zu den Fenstern seines Ateliers. Menschen aus seinem Viertel werden befragt, ob sie Lindner kannten und wer er und seine Freunde für sie sind.

Bilder filmen – z. B.: *Hello* – Sammlung Abrams, New York. *Ludwig II* – Cleveland Museum of Art, *Disney Land*, Museum Ludwig, Köln, *Circus-Circus* – Privatsammlung (welche?), *The Meeting* – MoMA, New York.

Straßenmotive, Metrostation, Werbung: Emblematik und Warenästhetik.

Erotische Selbstinszenierungen im Straßenbild, exzentrische Kleidung mit Leder, Fell und Schnallen, glänzende Hundeleiber.

Porträtfotos, die Evelyn Hofer und andere von ihm über die Jahre hin in New York gemacht haben.

Gezeichnete Lindnerporträts, zum Beispiel von Hedda Sterne. Sein Selbstporträt als Knabe.

Nach und nach stellt sie Szenenentwürfe zusammen, notiert mögliche Drehorte, schreibt ihre Fragen auf gelbe Karten und dazu die Namen derer, die sie beantworten sollen. Hedda Sterne lebt noch. Lindner selbst kann sie nicht mehr filmen. Sein Werk jedoch atmet – und ist eigentlich nicht dafür gemacht, sich dem kalten Auge einer Kamera zu ergeben. Trixi blättert in dem vor ihr aufgeschlagenen Kunstbuch. Als er *The Meeting* malte, das Gemälde, auf dem er sein damaliges New Yorker Milieu zusammenführte mit Erinnerungen an die bestimmenden Figuren und Mythen seiner Kindheit, und als er all das verband, war er sieben Jahre älter als sie jetzt. Zwei Jahre jünger als Walter. Erst mit 52 wurde Richard Lindner ganz zu dem Maler, der er sein wollte. Keines der Geheimnisse, die er malte, verdankt sich dem Schummrigen, Ungefähren. Sie sind hell erleuchtet. Auch sie arbeitet mit dem Licht. Und das macht in ihrem Verständnis gute Bilder aus. Sie raunen nicht und benötigen keine Tricks, denn sie verkörpern selbst das unverpackte Geheimnis der Kunst, deren Natur es ist, sich zu zeigen. Die Augen zu erregen. Und wenn Lindners Werk die Leidenschaft seiner Neuen Welt neben George Grosz und Karl Valentin ins märchenhafte Inventar deutscher Geschichte stellt, zu Kaspar Hauser, Ludwig II. und der Eisernen Jungfrau, beweist das nicht zuletzt eines: Seine Heimat hat ihn nicht kleingekriegt. Er hat gesiegt, bedeutet das. Und das soll ihr Film zeigen.

Bisher freilich ist es Trixi sowenig gelungen wie Bruno Gerber, der den Film produzieren will, eine Fernsehredaktion zu überzeugen. Niemand hat bislang verstanden, warum just dieser Film gedreht und dann auch vielen Menschen gezeigt werden muss. Aber Trixi ist es gewohnt, für ihre Vorhaben zu kämpfen. Den meisten allerdings sagt der Name dieses Künstlers schon gar nichts mehr – womit sie zugleich für erwiesen halten, dass es so auch richtig ist, denn sonst wüssten sie ja, wer sich dahinter verbirgt. Der Rest, dem die Existenz eines Malers Lindner nicht

vollständig neu zu sein scheint, begründet sein mangeln-
des Interesse mit einem Verweis auf Museen, die seine Bilder im Depot verstauben lassen. Wenn der Wind sich dann
eines Tages dreht, werden sie alle wieder hervorgeholt.
Aber so lange will Trixi nicht warten.

La Grande Dame

»Der Schläger wartet verpackt im Wandschrank«, steht auf dem Zettel, den Walter auf seinem Schreibtisch vorfindet und mit dem ihn Sandra daran erinnert, dass Mirko Geburtstag hat. Er wird sechzig. Zwar hat er schon vor langer Zeit klargestellt, dass er nicht beabsichtigt, dieses Datum zu beachten, und dringend darum bittet, von Beileidskundgebungen abzusehen. Ganz lässt sich sein Wunsch aber nicht erfüllen. Als nämlich Osvaldo Bava verraten hat, dass er zufällig von einem heimischen, also sardischen Schmied wisse, der äußerst exklusive Golfschläger herstelle, und bei dieser Mitteilung so triumphal in die Runde schaute, dass sein graumeliertes Zöpfchen am Hinterkopf in Schwingung geriet, waren alle gleich davon überzeugt, dieser Vorschlag werde sich kaum überbieten lassen. Der einzige Haken an der Sache ist, wie sich etwas später herausstellen sollte, der Preis. Ein Satz Eisen aus der Schmiede Susini ist auch für gute Freunde wie Bava nicht unter 12 000 Euro zu bekommen. Also beschlossen sie, Bava solle einen einzelnen Schläger – es brauche nicht der billigste zu sein – bestellen. Als Osvaldo bei Susini anrief, empfahl der ihm ein handgeschmiedetes Eisen Nummer Sieben, unauffällig weißvergoldet, bestens geeignet für Crossgolf. Niemand von ihnen ahnte, was das bedeuten sollte, trotzdem wird Mirko, auch wenn er hinwegzusehen wünscht über die Tatsache seiner Geburt am 14. Oktober 1949, die-

sem Geschenk und ein paar Glückwünschen nicht ent-
kommen.

Walter nimmt zwischen den vielfachen Reflexen auf der
Glasweite, vor der er sitzt, eine Skulptur wahr, die ihm selt-
samerweise nie aufgefallen ist: ein eigentümlich formloses
Gebilde in stumpfem Braun, das aussieht wie aus Bronze.
Jetzt bewegt sich das Ding allerdings, und er stellt fest,
dass es sich um seine eigenen auf dem Boden übereinan-
dergelegten Füße in Wildlederstiefeln handelt. Mirko wird
also sechzig und tut so, als könne nichts ihn aus dem
Gleichgewicht bringen. Dabei treibt ihm eine sinnlose
kalendarische Fußnote den Angstschweiß aus den Poren.
Dieser Mann weiß, was er will und ist. Sechzig zum Beispiel. Weiter folgen Walters Gedanken dieser Spur nicht.
Wenn Mirko Angst hat, wie nennt man dann das, was ihn
selbst an der Leine führt? Ihm aber dennoch erlaubt, mit
Distanz aufs eigene Dasein zu sehen, auf die Sinnlosigkeit
und Lächerlichkeit, deren Anerkennung Mirko sich unter
keinen Umständen zumuten würde. Von den Mirkos der
Welt trennt ihn genau dies. Er weiß, dass er sich niemals
wird einreden können, die Frage von drinnen statt von
draußen zu stellen: Was soll das sein, ich?

Ein Summton aus dem Telefon. Sandra kündigt Besuch
an. Kurz vor sechs. Ein kleines Päckchen klemmt unter
Trixis Arm, als die ihn damit erschreckt, dass sie auf hohen
Absätzen unüberhörbar den glänzenden Epoxidharzboden
in seinem Zimmer betritt. Nicht dass ihr Kommen ihn ver-
unsicherte, er genießt ihre Gegenwart. Nur hätte er sich
gerne einen Augenblick lang darauf vorbereitet. Es ist, als
reiße sie mit ihrem plötzlichen Erscheinen die dünne Haut
auf, die sich zwischendurch auf dem Erschreckenden bildet und einen glauben lässt, zwar kein Mirko, aber wo-

möglich noch gewiefter zu sein. Der lange Glastisch erregt stets von neuem Trixis Erstaunen. Sie fragt sich, wie es ihm möglich ist, an solch einem absurden Möbelstück, das mehr ans Bühneninventar eines Varietékünstlers als an einen Schreibtisch erinnert, geordnete Gedanken zu fassen, vor dieser endlosen glänzenden Fläche voller verwirrender Spiegelungen, die auch noch mehr oder weniger durchsichtig ist.

Walter geht hinüber, um ihr einen Kuss zu geben; Trixis Lippen sind frisch geschminkt, und so dreht sie den Kopf leicht zur Seite, damit sein Mund auf ihre Wange trifft.

»Du hast ein Geschenk?«, fragt er mit Blick auf das Paket.

»Ein Buch. *Sieh doch die Harlekins* von Nabokov.«

»Harlekine? Was bringt dich auf die Idee, Mirko könnte sich gerade für so etwas interessieren?«

»Auch nicht schlechter als ein Golfschläger.«

Walter nickt, er ist irritiert.

Im Konferenzraum hat Sandra gerade Sektkelche mit Champagner gefüllt. Walter verschwindet, das Geschenk aus dem Wandschrank zu holen, und Trixi wartet, was das wohl für ein ausgezeichnetes Stück Eisen sein mag, wenn die ganze Mannschaft zusammenlegen musste, um es bezahlen zu können. Sie ist schon eine ganze Weile nicht mehr in der Agentur gewesen und macht sich bei dieser Gelegenheit mit der Neuen bekannt, Cora Hagen, die sich auch gerade fragt, was das Besondere an der schmucklosen Kelle sein soll, die Zabel gerade aus der Verpackung schält. Als sie ausgewickelt ist, schlägt der schwere Sportsmann ein paar unsichtbare Bälle. Später reißt Mirko auch das bunte Papier der Buchhandlung von Trixis Geschenk. Da weiß sie schon selbst nicht mehr, was sie sich dabei gedacht hat, gerade dieses Buch für ihn zu kaufen.

»Wunderbar, habe ich schon immer mal lesen wollen«, murmelt er. Und dann nimmt er einen Schluck *La Grande Dame* und lässt noch zwei-, dreimal den weißvergoldeten Crossgolfschläger durch die Luft fegen. Die anderen kommen langsam in Stimmung, von Mirkos Unlust am eigenen Geburtstag ist auch nichts mehr zu spüren. Champagner lagert überreichlich im Kühlschrank, und gegen neun bestellt Sandra etwas zu essen. Aber Trixi langweilt sich. Also setzen sie sich ab. Walter fühlt sich wie gerädert und geht sofort zu Bett.

Erstes Laub löst sich von den herbstlichen Ästen, und Mohner-lieser genießt den Duft der abgefallenen Blätter unter der Morgen-sonne. Einmal die Arena mit Laub füllen, nicht mit Sägemehl, und dann mit den Groteskschuhen so viel davon aufwirbeln, bis alles darin versinkt – das wäre etwas! Doch als er dann die alten Ziegel der Mauer erblickt, die sein Seegrundstück mit der burg-artigen Villa und ihrem Turm aus würdigem Stein einfassen, da lässt es sich nicht mehr unterdrücken, urgewaltig bricht es aus ihm hervor. Diese Hampelmänner wollen ihn fertigmachen?!

Von Lachen geschüttelt schlüpft er aus seinem Jackett und zieht es falsch herum wieder an, mit dem Rückenteil vor der Brust: »Menschenskind, wenn hier nicht der größte Exzentriker unserer Zeit steht ...«, vibriert seine Stimme im Flüsterton der Verschwö-rung gegen den Stumpfsinn des Ernstes. Sein Finger geht an die spitzen Lippen: »Psssst! Pssst!«

Mülltonnentänze

Als sie Walter sagte, dass ihre Suche nach dem Schreibstudio für ihr neues Projekt unterdessen erfolgreich gewesen ist, war er begeistert. Er ließ sich nicht davon abbringen, gleich (mit seinem neuen Auto, in dem es auf kaum zu ertragende Weise nach frischem Leder riecht) hinzufahren und sich von Trixi zeigen zu lassen, wo sie ihren Film vorbereiten würde. Wenn man schon so viel Zeit getrennt voneinander verbringen müsste, wolle er sich wenigstens vorstellen können, wie es bei ihr aussieht. Das folge aus dem »Vierten Hauptsatz der Separativitätstheorie«. Walters fiktive Naturgesetze. Sie hat gerade das von Anfang an genossen: wie sie miteinander lachen können. Trixi sieht auf die Uhr. In einer halben Stunde will sie im Büro sein. Telefon und Computer sollen angeschlossen werden. Was gemacht wird, hat sie nicht verstanden, ein Haufen Abkürzungen, die ihr nichts sagen. Vor den Häusern stehen die Mülltonnen, in allen Farben aufgereiht, viele von ihnen so voller Unrat, dass der Deckel nicht mehr schließt.

Später dann, als der Techniker wieder fort ist, der die kryptischen Buchstabenfolgen auf dem Lieferschein zu ihrer Überraschung einfach deutsch ausgesprochen hat, sitzt sie erleichtert am Tisch. Rechts der Bildschirm und die Tastatur, links das Telefon mit dem Anrufbeantworter. Der Drucker steht auf dem Boden. Trixis Blick geht über diesen Kram und den halb mit krummen Zigarettenstummeln gefüllten Aschenbecher auf ihrem Tisch hin zum Fenster. Walter regt sich auf, wenn ihn adrette Schüler auf der Straße um das anschnorren, was sie Kippen nennen und womit sie nagelneue *King-Size*-Filterzigaretten meinen. Die Schwerelosigkeit, in der sie sich auf einmal befindet, nimmt ihr die unbestimmbare Last, die sie die meiste Zeit mit sich herumträgt. Falls Walter etwas davon mitbekommt, zeigt er es nicht. Aber jetzt ist das Gewicht ihrer Hände auf der Holzplatte plötzlich wie aufgehoben, sie scheinen zu schweben, als sei ihr Körper aus Luft gemacht. Zwischendurch recht angenehm. Auf die Dauer nicht. Denn Glück, wenn es etwas taugt, hat ihrer Meinung nach sein Gewicht. Gewichte. Immer geht es um alles, aber nicht im Großen und Ganzen, sondern im Kleinen und Einzelnen, als Addition von Genauigkeiten. Eine Tonne, das sind eine Million Gramm. Unten im Hof wird einer von Kupkas Lieferwagen mit Parkettstäben beladen – große, würfelförmig in Plastikfolie eingeschweißte Pakete. Sie blickt an sich hinab und stellt sich vor, ein kompliziertes Ledergebilde mit Ösen und Schnallen zu tragen, wie es auf der Lindner-Kunstkarte an der Wand zu sehen ist, statt Pullover und Jeans. In Walters rotes Haar mischt sich neuerdings Grau. Steht ihm gut, gerade wie er es jetzt trägt, lang. Manchmal vermisst sie das Gefühl seiner Stoppeln von früher in der Hand, ihm über den Kopf zu streichen und ein gleichmäßiges Rauschen auf den Fingern zu spüren wie von einer warmen Bürste. So verrückt ist sie nach ihm gewesen, damals in München. Jede Stunde, die sie nicht zusammen waren, sah sie als verloren an. Ist Walter glücklich mit ihr? Er sagt es, wenn sie sich umarmen. Und dann sinkt er wieder in sich. Zurück hinter die Mauer, die zwischen ihnen steht. Irgendwann hat sie sich daran gewöhnt.

Ihr Blick heftet sich wieder an das Buch auf dem Tisch. Wie kann man ein Bild reproduzieren, das offensichtlich eine Collage ist, und dann darunterschreiben »Aquarell«? Sie versucht sich Richard Lindner als jungen Mann vorzustellen. Noch als alter Mann wirkte er auf Fotos so jugendlich, dass es ihr gerade darum nicht leichtfällt, ihn in Gedanken zu verjüngen. Wie hat er gelebt damals in München? Sie malt sich sein Stammlokal zu der Zeit aus, als er die Kunstakademie besuchte und dann als Grafiker arbeitete. *Café Heck*, es existiert nicht mehr, heute ist dort ein anderes Lokal. Vielleicht finden sich irgendwo in den Ecken noch Atome seines Wesens. Anfang der dreißiger Jahre kehrten Lindner und seine Freunde aus der Redaktion des *Simplicissimus* regelmäßig dort ein, alle als Künstler zu erkennen: Karl Arnold, Thomas Theodor Heine oder der Norweger Olaf Gulbransson, der dort aber vermutlich nicht in seiner Arbeitskleidung erschien, die aus einer großen, vor den Bauch gebundenen Lederschürze und sonst nichts bestand. Ein Künstlerlokal jedenfalls, und wahrscheinlich war das der Grund, weshalb auch Hitler so gerne hinging. Voller Demut begegnete der gescheiterte Maler jenen, die tatsächlich Künstler waren, ließ sich gefallen, dass sie ihn mit Spott übergossen. Nun, sie benutzten bescheiden Stift und Pinsel zur Umsetzung ihrer Ideen, was ihm versagt blieb. Er musste sich etwas anderes ausdenken. Und vor der sozialen Plastik, die dabei herauskam, konnte Lindner seine Haut bloß noch durch die sofortige Flucht retten. Hitler hatte gesiegt.

»Kann man sein Scheitern deutlicher zu Protokoll geben als durch Selbstmord?«, hatte Bruno Gerber eingewandt, als sie vor einigen Wochen darüber diskutierten.

So viel stimmt, Lindner war kein Verfolgter des Naziregimes, Lindner lebte in New York besser, als es in München oder Berlin je zu erwarten gewesen wäre. In späteren Jahren, als er schon reich war, verbrachte er dann auch noch einen Teil des Jahres in Paris – und ließ sich im *Bentley* vom Atelier abholen, wenn es Zeit für den Aperitif war, ehe er dann zu der jungen französischen Malerin weiterfuhr, mit der er jetzt verheiratet war.

»Gut, und was seht ihr nun als euer Erbe an?«, hat sie Bruno gefragt. Er sagte nichts darauf, und die Miene verriet nicht, ob er erfasste, worum es ihr ging.

Von der Straße, die sie aus ihrem Hinterhofbüro nicht überschauen kann, dringt das Summen des Müllwagens hoch, der sich von einer Station zur nächsten vorarbeitet; zwei-, dreimal krachen die Behälter bei der Entleerung, bevor die Müllmänner die leicht gewordenen Plastiktonnen aus der Befestigung lösen und vernehmlich vor die Häuser rollen. Als Trixi sich kürzlich samstagmorgens im Bett vom Lärm gestört fühlte, behauptete Walter, dies sei nichts gegen das Donnern der Tonnen früher in Berlin. Zu der Zeit, begeisterte er sich über die Belästigung, seien sie nämlich noch aus schwerem, verzinktem Blech gewesen. Mit welch ungeheurem Getöse damals die Tonne gegen den eisernen Schlund des Müllwagens geschmettert worden sei! Und dann wurden sie einhändig am Deckelknauf auf dem Rand, als sei er dafür gemacht, über das Kopfsteinpflaster gerollt, denn diese Berliner Urtonne verfügte selbstverständlich nicht über Räder, so wie die modernen Scherzartikel hier. Das ganze untergegangene Spektakel sah er anscheinend vor sich wie eine mitreißende Tanzdarbietung, der er nicht alleine, sondern schon vor dem Frühstück unbedingt mit ihr im Arm hätte folgen wollen.

Fehltritt

Während er mit einem Auge darauf achtet, dass sie in der Spur bleibt, dreht Walter an verschiedenen Knöpfen, um die getrennten Klimazonen seines neuen Autos genauer einzustellen. Ganz so, wie er es sich wünscht, bekommt er es nicht hin. Trixi würde ihn ohnehin am liebsten bitten, einfach die Fenster zu öffnen, hält sich aber zurück. Sie passieren das, was von der Grenze übriggeblieben ist, nicht bei Kehl, sondern etwas weiter südlich, so dass sie erst hinter Straßburg auf die Autobahn 35 gelangen. Am Himmel glänzt die Sonne. Zähflüssig bewegt sich der Wochenendverkehr auf Colmar zu. An diesem strahlenden Morgen sind sie gleich nach dem Frühstück aufgebrochen. Walter fühlte sich nach einer Nacht mit üblen Träumen, in denen er sich schon wieder zum dummen August verwandelt hatte, nicht sehr sicher auf den Beinen, ein mäßig willkommener Gast in der eigenen Haut. Trotzdem hat er Trixi und sogar sich selbst mit dem Vorschlag überrascht, einen Ausflug zu unternehmen. Falls das Wetter stabil bliebe, aber warum sollte sich der Online-Wetterdienst diesmal irren, könnten sie über Nacht fortbleiben und erst im Lauf des Sonntags zurückfahren, sagte er mit so viel Gelassenheit, dass es das Vage und Bange in seiner Brust wegspülte, bevor Trixi überhaupt etwas davon mitbekommen konnte. Wäre es nach ihr gegangen, hätten sie das längst schon einmal getan: Abstand genommen, um von außen einen Blick auf das Hamsterrad zu werfen.

Dabei fährt man keine Stunde hinüber ins Elsass, und eigentlich ist es erstaunlich, dass sie das nicht viel öfter ausnutzen, plaudert er jetzt, inzwischen ganz unbeschwert, während der Wagen summend über die Autobahn zieht und ihm dies oder das durch den Sinn geht. Die dezente Leichtläufigkeit der Maschine deutet enorme Kraft an, ein leises Tippen des Fußes kann sie freisetzen. Ganz einfach ist das, und wozu alles andere so kompliziert machen? Trixi hat natürlich immer ihren eigenen Kopf. Sie ist Gott sei Dank unverwechselbar, hebt sich immer ab von den anderen. Auch von ihm. Gehört er in ihren Augen zu den anderen? Manchmal überschreitet sie die Grenze zum Gewollten, zur Überumständlichkeit, hinter der sie anscheinend auch ihn zurücklässt. Was hat sie eigentlich dazu bewogen, Mirko diesen Roman mitzubringen?

Sie antwortet nicht, dreht die Scheibe herunter und zündet sich eine Zigarette an.

Er muss sich jetzt auf den Verkehr konzentrieren, weil ein amorpher Pulk schwerer Ruhrgebiets-Motorräder von hinten anbraust und schwarzölig in die Lücken zwischen den anderen Fahrzeugen sickert.

Sie habe, sagt Trixi, bei Zabels Geburtstag diese neue junge Mitarbeiterin kennengelernt, Kerstin, oder wie sie heiße: Die habe sich ziemlich unverhohlen lustig gemacht über den ganzen Rummel um so etwas Idiotisches wie diesen Golfschläger.

Cora? Ein Küken, sagt Walter in einem Ton, der deutlich macht, wie unerheblich für ihn das Geplapper seiner Kollegin ist.

Was sei dagegen einzuwenden, dass sie Zabel nicht einen Beutel blattvergoldeter Golfbälle, sondern etwas zu lesen mitgebracht habe?

»Nichts, nur dass Mirko sich vielleicht unkomfortabel dabei gefühlt hat, seine simple Spielfreude dadurch abgewertet fand.«

»Unkomfortabel! Das Buch ist selbst ein Spiel und ziemlich komisch.«

»Harlekine? Da kenne ich Amüsanteres.« Walter gibt Gas, so dass Trixi ins Lederpolster gedrückt wird, schnell vorbei an der langen Reihe gemächlich dahinrollender Wochenendfahrer.

Außerdem, habe sie vielleicht vergessen, dass Mirko und er in einem Boot sitzen? Sie beschäftigten sich mit derselben Materie, und zwar sehr ernsthaft und leidenschaftlich. Beide gingen sie zusammen dieser Arbeit nach, die ihr Mitleid wecke. Ihre Überheblichkeit störe ihn. Was wisse sie denn von den Tiefen und Untiefen in Mirko Zabel?

Diese Betrachtung stellt alles auf den Kopf, denkt sie, sagt aber nichts mehr dazu.

Der schwere Wagen, in dem sie deutlich höher sitzen als in ihrem alten, schwebt vor sich hin. Walter hält das Lenkrad mit den Fingerspitzen ganz unten, seine Unterarme ruhen auf den Schenkeln. Neben der Autobahn sind Reklametafeln in die Felder gepflanzt, mit denen die konkurrierenden Orte des Landstrichs den Touristenstrom in ihre Richtung zu kanalisieren suchen. Da gibt es das *Sauerkrautfest*, das *Herbstfest*, das *Kastanienfest*, das *Kürbisfest*, das *Weinlese-* und das *Winzerfest* sowie natürlich jede Menge einfacher *Weinfeste* den ganzen Monat über. Walter greift mit der rechten Hand in Trixis Nacken und gibt ihr mit dem warmen Druck seiner Finger zu verstehen, wie er es genießt, unbeschwert mit ihr durch den Samstagvormittag zu fahren.

Colmar liegt wie im Werbeprospekt unter der Mittagssonne, die am makellosen Himmel steht. Nachdem sie sich ein Hotel gesucht haben, vor dem Walter mit etwas komplizierten Manövern auch seinen dicken Wagen geparkt bekommt, spazieren sie eine gute Stunde durch die Stadt. Er umfasst Trixis Schulter. Sie kaufen sich unterwegs einen Flammkuchen, essen ihn zusammen und trinken aufgespritzten Weißwein aus großen Plastikbechern, und später gehen sie ins Hotel. Mitten am Tag zeigt der Alkohol Wirkung und schürt ihre Leidenschaft zusätzlich. Sie befreien sich gegenseitig von den Kleidern. Im Spiegel am Schrank verfolgt Trixi das Schauspiel.

Als sie am Nachmittag das Hotelzimmer wieder verlassen, wimmeln die Straßen vor sommerlich gekleideten Touristen. Durch die warme Luft schwingt das wirre Gedudel eines Akkordeonspielers, der sich auf einer Brücke über der Lauch postiert hat und darauf hofft, niemand werde sich daran stören, dass er sein Instrument überhaupt nicht beherrscht und mit sinnlosem Tastengewackel den Anschein zu wecken sucht, es handele sich um fremdländische Folklore. Trixis Geschmack liegt noch auf Walters Lippen. Er fühlt sich frei wie lange nicht mehr, seine Beine berühren den Boden mit betörender Selbstverständlichkeit. Der Rummel stört ihn nicht. Trixi lehnt am Brückengeländer, ihre braunen Augen sehen ins Wasser. Die Sonnenbrille steckt in ihrem Haar. Sie zieht sie auf die Nase und geht weiter. Auf der Schwelle eines krummen Hauses streckt sich eine buntgescheckte Katze aus und lässt ihren Bauch von der tiefstehenden Sonne bestrahlen. Unten am Ufer kleben Restaurants. Eines sieht einladend aus, und Walter reserviert für den Abend einen Tisch direkt am Wasser.

Zu ihrer Überraschung wartet keine Besucherschlange vor dem Unterlinden-Museum. Zurückversetzt in eine andere Zeit fühlen sie sich, sie lösen nur Karten und spazieren hinein. Nachdem sie dem Schatten des Kreuzgangs um den sonnenüberstrahlten Innenhof gefolgt sind, öffnen sie eine Tür. Der Isenheimer Altar, Grünewalds Paukenschlag am Morgen der Malereigeschichte, steht dort so einfach erreichbar und ungeschützt (vielleicht gerade darum auch noch so unangetastet) wie eh und je. Sie trinken draußen auf der Straße Tee. Immer mehr Menschen ziehen herum, die Weinstuben füllen sich. Auf Gummirädern kommt eine kleine Bahn um die Ecke und schaukelt Besucher über das Kopfsteinpflaster, die dabei nicht alle fröhlich aussehen. Wieso – überlegt Walter – hat er eigentlich vorhin wieder Trixis Geschenk für Mirko kritisiert? Und müssen sie sich das da etwa den ganzen Abend lang gefallen lassen? Der Stümper mit der Ziehharmonika ist schon von weitem unüberhörbar. Bis zu dem Restaurant, wo sie essen wollen, gehen sie nur wenige Minuten. Plötzlich bleibt Walter zurück. Sie sieht sich um, gerade wischt er seinen Schuh an einem Laternenpfahl ab, dann auf einem Stück Rasen.

»Hast du die Scheiße nicht gesehen?«, fragt sie ihn, und er antwortet nicht.

Jetzt fällt ihm wieder auf, wo die Differenz zwischen ihnen liegt, über die sie im Auto gesprochen haben. Es ist Trixi nicht nur egal, ob sie andere verlegen macht – sie freut sich sogar, wenn es ihr gelingt. Handelt es sich um ihn, jedenfalls. Bei anderen ist sie bemüht, demonstrativ geradezu, Unsicherheiten aufzufangen. Aber wenn es nicht um Fremde geht, sondern um Menschen, die ihr nahestehen – vor allem um ihn, ihren Mann –, kann sie sich am kleinsten Missgeschick ergötzen. Ihre weibliche Teilnahme, der Schirm, den sie über ihm (zum Schutz vor seiner männlichen Selbstvernichtungsbereitschaft) mit ein, zwei Worten leicht aufspannen könnte, fehlt da gänzlich. Er hat den Schuh soweit sauber bekommen, dass kein besonderer Geruch mehr zu bemerken ist. Nachher geht es aber trotzdem noch einmal los, Trixi wird nämlich die Fortsetzung seiner Blamage auskosten und von ihm – als käme er darauf nicht selbst – wie von einem Kind verlangen, dass er die Sohle penibel mit Seifenwasser reinigt. Wenn das erfolgt ist, wird sie den Vorgang eigenhändig wiederholen.

Dieser Tisch, an den sie gesetzt werden sollen, ist nicht der, den er am Nachmittag ausgesucht hat. An allen anderen, die vielleicht in Frage kommen, weil auch sie direkt neben dem Wasser stehen, sitzen bereits Gäste. Trixi und Walter lassen sich von der betriebsamen Wirtin nicht als Rangiermasse behandeln. Besucher mit großem Hunger und reichlich Durst sind in die Stadt gekommen. Nach einiger Zeit und einem Spaziergang, der mehrmals an denselben Plätzen und Ecken vorbeigeführt hat, setzen sie sich auf die Terrasse vor ein hauptsächlich von jüngeren Leuten aus dem Ort besuchtes Restaurant. Walter registriert, dass der Kellner besser deutsch spricht als er selbst französisch, bestellt ein großes Bier, und während sie ihr Essen aussuchen, wobei Trixi eine Zigarette raucht, merken sie, dass sie sich immer besser fühlen. Die schlichten Lokale damals in München, in denen sie vor oder nach den Kinovorstellungen saßen – daran erinnert dies hier ein bisschen. Nur der Film fehlt.

Trixi hat noch Lust auf Nachtisch, Walter nimmt Käse. Und weil der Riesling erfrischend ist, lässt er einen halben Liter nachkommen. Der Kellner hat die Bestellung gerne entgegengenommen, viele essen hier einfach Nudeln oder einen Salat. Walter freut sich, dass er die Idee zu dem Ausflug gehabt hat.

Jetzt ist nichts einfacher für Walter, als Trixi zu fragen, wie sie eigentlich vorankommt und ob ihr die Vorbereitung ihres neuen Films noch Spaß macht. Wenn man so arbeitet wie sie, dann gibt es ja keinen anderen Grund, etwas zu tun oder zu lassen, als die Freude an der Tätigkeit und das Interesse an den Fragen, mit denen man sich aus eigenem Trieb beschäftigt.

Antrieb, korrigiert Trixi. Eine Quelle ihres Antriebs, diesen Film zu machen, sei die Diskrepanz zwischen Lindners Bedeutung und der geringen Beachtung, die seine Kunst derzeit finde. Die Freude an der Arbeit löse übrigens noch nicht die Aufgabe, die sich ihr stelle, nämlich die Sprache zu entwickeln, um sagen zu können, was dazu gesagt werden müsse.

»Großartig«, sagt Walter.

Die Nacht kühlt langsam ab. Sie bestellen noch mehr Wein.

»Du hast so klare Vorstellungen von seriöser und schöpferischer Arbeit, manchmal frage ich mich«, sagt Trixi, »woher du sie beziehst. Oder wie du bei diesen Maßstäben in deiner Brust mit dem Leben klarkommst, das du führst. Kannst du dich erinnern, wie wir über jeden Film gesprochen haben – damals, als du noch Raketen gezeichnet hast? Und nun – bist du jetzt der Enthusiast, der seine Träume hegt, der Zyniker, der sie längst verraten hat? Der, in den ich mich verliebt habe, oder wer bist du? Und ich – weißt du überhaupt, wer ich bin?«

»Ich bin aus der Verankerung gerissen und gehöre nicht zu den Einfaltspinseln, die immer in vollster Deckungsgleichheit mit ihrem sogenannten Ich durch die Welt stolzieren. Du, als Südtirolerin und mit deinem italienischen Vater, bist natürlich Spezialistin für diffizile Identitäten. Du bekommst nicht mit, was es bedeutet, sich nicht in einem fort wie ein Gorilla auf die Brust zu schlagen: Ich! – Ich! – Ich! Und in der Realität – wozu auch die Wirtschaftskrise gehört, die du ignorierst – nicht aufzugeben. Das anzuerkennen, da sei dein Hochmut vor. Und die Bescheidung auf den Kosmos in deiner Schneekugel.«

Das Klappern einer leeren Getränkedose, mit der ein paar Jungs irgendwo Fußball spielen, kommt aus dem Dunkel.

»Ich liebe dich, Trixi«, sagt er leise, »heute mehr denn je.« Walter sieht sie leicht betrunken an.

Taxisound

Die Woche hat damit begonnen, dass mehrere Stammkunden erklärten, vorläufig keine neuen Aufträge erteilen zu wollen – und zwar mit ähnlich klingenden Begründungen, fast bis in den Wortlaut gleich. Sein Chef weigert sich, darüber nachzudenken. Wie es allerdings in seiner eigenen Brust aussieht, das behält Walter für sich. All der Unsinn, der sich neuerdings in ihm breitmacht, sobald er die Augen schließt. Neben ihm atmet Trixi in beneidenswertem Gleichmaß. Ihr sagt er von diesem Problem erst gar nichts. Den Spott, zu dem sie fähig ist, benötigt er hier am wenigsten. Ein Clown mit einer roten Nase ist zu seinem nächtlichen Alter Ego geworden! Er hasst weniges mehr als Zirkusclowns. Draußen fahren mit aufbrausenden Maschinen Taxis durch die Nacht. Der unverwechselbare Taxisound, denkt er. Wie spät es wohl sein mag, die Nachtmusik: Taxis im Regen vor dem neuen Tag. Trixi bringt neuerdings die Vergangenheit ins Spiel? Aus gutem Grund will Walter ihr nicht verraten, mit welchen Unannehmlichkeiten er sich noch im Schlaf abplagen muss, aber eigentlich darf er erwarten, dass sie es auch so mitbekommt. Früher jedenfalls, ist er sicher, hätte Trixi es gefühlt.

Nun ist er alleine mit dem Schattenspiel hinter seinen Lidern. Er dreht sich auf den Rücken. Schon wieder ein Taxi. Der Morgen? Trixi hat es gut – sie erholt sich in aller Behaglichkeit von ihren allzu umständlichen Überlegungen zu einem offenbar unrealistischen Filmvorhaben. Trixi und ihre Vernarrtheit in ermüdende Probleme. Was gäbe er darum, ebenso bequem daliegen zu können, um einfach nur zu schlafen ...

im Wartezimmer seiner Praxis sitzt nämlich schon wieder diese Frau Dankwart – alle paar Wochen kommt sie und geht nicht weg, bevor er sie operiert hat. Dabei hat er Mal um Mal darauf hingewiesen, dass auch für sie die Gesetze der Statik Geltung besitzen. Aber sie lässt sich durch kein Argument aus dem Konzept bringen, ihr Äußeres sukzessive dem Ideal einer Kurbelwelle anzunähern. Walter möge sie doch bitte als Arzt darin unterstützen. Nach jedem Eingriff nestelt sie noch etwas an den um ihren Leib geschlungenen Verbänden über den frischen Nähten und verlässt dann umstandslos die Praxis – aber erst danach.

Ihre Stirn ragt ohnehin so gewagt über die Brauen, dass Walter sich fragt, mit welcher Schnitttechnik er einen Masseausgleich bewerkstelligen soll. Jetzt sitzt sie, frisch versehen mit aufwendig unterfütterten Pleuelwangen, seit letzter Woche ausgestattet mit diversen neuen Kröpfungen im Schulterbereich sowie exzentrisch zum Rückgrat angeordneten Zapfen an den Gliedmaßen, wieder im Wartezimmer und verlangt aufs neue operiert zu werden.

Diese Patientin hat vor der ersten Behandlung bei seiner Sprechstundenhilfe einen Stapel Tausenddollarscheine hinterlegt und darauf bestanden, dass auf der Karteikarte, die für sie eingerichtet wurde, hinter ihrem Namen dick unterstrichen steht: Unter keinen Umständen anästhesieren!! Inzwischen spannt sich die Haut über den Straßenkreuzer-Flossen auf den künstlichen Schulterblättern der dritten Generation zum Zerreißen. Stolz erhebt Luise Dankwart die kürzlich noch einmal ausgebaute Oberstirn.

»Das wird jetzt sehr weh tun!«, hat er die Frau gewarnt.

»Leider nicht genug, Herr Doktor Mohnerlieser. Hauptsache, die Arbeit wird sauber ausgeführt, machen Sie sich wegen des Kitzels keine Gedanken, ich bin nicht aus Weichporzellan fabriziert.

Aber dann sind Sie doch wieder so vorsichtig, dass man von den
Schmerzen nicht mehr merkt als ein paar Schnitte und das
Knochenraspeln.«

Kann sein, denkt Dr. Mohnerlieser, muss aber auch nicht stim-
men. Es gibt Leute, die in Fällen wie diesem die Formulierung
»Kann aber auch nicht sein« benutzen, Idioten nämlich. Und
dann sieht er, dass er wieder dieses groteske karierte Jackett mit
den bunten Flecken darauf trägt. Er fasst sich an die Nase und
stellt fest, sie ist aus Pappe.

Walter legt sich auf die Seite, nimmt einen Schluck Wasser. Vielleicht wird ihm ein Sonett helfen, möglicherweise
erlöst ihn das aus der Schattenwelt, aber als er zu den Zeilen
gelangt ist: »And every fair from fair sometimes declines /
By chance, or nature's changing course untrimm'd ...«,
gibt er auf. Der Lärm, mit dem die Taxis vorüberziehen, ist
erstaunlich. Neben ihm liegt in tiefem Schlaf seine Frau.
Oder? Was, wenn sie nun viel mehr mitbekommt, als sie
zeigt, wenn sie gar nicht so arglos ist, wie sie tut? Vielleicht
wartet sie nur darauf, dass er mit den Entscheidungen in
Schwierigkeiten kommt, die er für sein Leben getroffen hat
und die ihr nicht gefallen, weil sie dadurch weggeführt wurden aus ihrem beschaulichen Nest über der Isar.

Er sucht ihr Gesicht. Die Lider, mehr zu ahnen, verstecken ihren tiefen Blick. Zuerst ist er in den Bann dieses
Blicks geraten. Mehr war nicht nötig, als dass sie ihn an-
schaute. Das Wissen in ihren ernsten Augen ist ein tiefer
See, der sich alles holt, alles in sein unendliches Wasser
zieht, um es dort zu wissen.

»The sun itself sees not, till heaven clears. / O cunning
love, with tears thou keep'st me blind, / Lest eyes well see-
ing thy foul faults should find«, er gleitet endlich in den
Schlaf hinüber.

Sphärenverkehr

Beim Verlassen des Hauses schaut Walter Tomm nach, ob schon Post gekommen ist. Ein Brief nur liegt im Kasten, für ihn. Er steckt ihn ungeöffnet in die Tasche. Nichts Wichtiges. Neben einem unbeholfenen Logo steht auf der Rückseite *Institut für Diskrete Mathematik*, aber er nimmt an, dass sich dahinter eher eine Schnüffelstelle für indiskrete Marktforschung verbirgt. Er bemerkt, dass sein linker Schuh beim Gehen pfeifende Geräusche von sich gibt. Die Sohle schlappt, das ist am Vortag noch nicht so gewesen. Noch einmal in die Wohnung zurückgehen will er nicht und Trixi fragen hören, wo er seine Gedanken hat und was mit ihm überhaupt los ist.

Clown? Nicht sehr witzig. Müde und zerschlagen fühlt er sich, das ist alles. Aus diesem Grund hat er sich gerade entschlossen, heute vor der Arbeit in den Stadtwald zu fahren und dort einmal tief durchzuatmen. Wieso fällt es ihm so schwer zuzugeben, dass auch seine Kräfte begrenzt sind? Mirko und er haben inzwischen ganz verschiedene Vorstellungen davon, wie es weitergehen soll. Und Trixi zieht sich in das fragwürdige Panoptikum auf den bunten Bildern eines toten Malers aus New York zurück. Ein Waldspaziergang am Morgen? Er kommt sich albern vor. Er ist kein Schauspieler, nicht der Darsteller wechselnder Charaktere, und er kann deshalb auch nicht plötzlich den Frühsportler geben. Die Dinge sind, wie sie sind, das obliegt nicht unserem Belieben. Daran ändert sich auch nichts, wenn Trixi zum Frühstück ihre Geistesabwesenheit auftischt. Betrüblicherweise ist seiner Frau nicht begreiflich zu machen, dass sie beide aufmerksam sein müssen füreinander – besonders am Morgen. Die Einsicht, dass es auch den anderen gibt und Zurücknahme der eigenen Belange und Stimmungen ein wesentlicher Ausdruck der Liebe sein kann, bleibt Trixi verschlossen.

Neuerdings scheint sein Magen weniger robust zu sein als früher. Er reagiert empfindlich. Kaffee und Toast machen sich im Nachhinein bemerkbar. Walter nimmt eine Tablette aus dem Handschuhfach und zerkaut sie. Von den Polstern des schweren Wagens steigt ihm aufbauend der Duft des Leders entgegen und verschmilzt mit dem Pfefferminzaroma, das sich in seinem Mund ausbreitet. Vor Müdigkeit hat er sich bei der Rasur geschnitten, das schwärzlich getränkte Papier hängt noch auf seiner Oberlippe. Er fährt an den Rand eines Wirtschaftswegs und sieht sich um, ob jemand in der Nähe ist, der sich für sein schönes, nagelneues Luxusauto interessieren könnte. Aber da ist weit und breit keiner außer ihm. Vom Waldboden mit seinem bunten Laub steigt tabakartiger Geruch auf und erinnert an Trixis osteuropäische Zigaretten. Er bedauert jetzt, dass er beim Frühstück nicht besser mit Trixis Gereiztheit umzugehen gewusst hat. Es ist ihre Art, Kontakt zu ihm zu suchen, wenn sie anders nicht zu ihm durchdringt. Warum wischen sie diese Irritationen nicht einfach fort? Nun wünschte er sich, sie wäre bei ihm hier im Wald, er könnte den Arm um sie legen. Walter sieht beim Gehen, wie abwechselnd sein schnaufender Schuh voranschreitet und dann der andere, das Zischen unter der Sohle ändert daran gar nichts. Eine mechanische Jagd, die man normalerweise gar nicht mehr mitbekommt. Allerdings, wenn man erledigt ist und trotzdem weitermachen muss, ist jeder einzelne Schritt ein Unterfangen, und dann heißt es: Zunächst der eine, und jetzt noch einer, und beim dritten ist erst einmal wieder Schluss. Was findet Trixi überhaupt an diesem übersexualisierten Zwerg? Da kann sie ahnen – von dem, was ihren Mann fertigmacht, will sie noch nicht einmal etwas wissen. Die Probleme in seiner Existenz lassen sich Trixis Auffassung nach allesamt durch einen Willensakt und etwas mehr Humor von ihm selber lösen. Und damit das auch so gelingt, sieht er sich Nacht für Nacht zum Clown verwandelt. Neuerdings.

Der Brief in seiner Tasche fällt ihm wieder ein. Tomm zieht ihn hervor. *Institut für Diskrete Mathematik.* Sicher, da sind Einfaltspinsel am Werk, die ihn mit einer absurden Absenderangabe übertölpeln wollen, weil sie sich nicht vorstellen können, dass man nicht nur Institut, sondern auch Diskrete Mathematik schon einmal gehört hat. Was kann nun unversehens ein Fähnlein Rechenkünstler von ihm begehren? Der kurze Brief lässt das auch bei wiederholtem Lesen vollständig offen, selbst wenn Walter ihn zwischendurch wie ein Blinder mit den Fingerkuppen befühlt. Eine Art professionelles Interesse treibt ihn an. Der Verfasser, Direktor dieser Forschungseinrichtung, wie dem Briefkopf zu entnehmen ist, ergeht sich in lauter pompösen Floskeln, die sich ausnahmslos auf Gegenstände beziehen, mit denen Walter Tomm sich nie befasst hat. »Die Welt ist in rasantem Wandel begriffen«, liest er. »Der wissenschaftlich-technische Fortschritt wird meist aber erst wahrgenommen, wenn er unser Leben schon lange prägt. Befreien wir die Wissenschaft aus dem Elfenbeinturm. Helfen Sie uns dabei.«

Dieses Geschwätz gilt offenkundig nicht ihm. Eine Verwechslung. Er studiert das Schreiben trotzdem noch einmal, fragt sich dann aber, was das soll. Er zupft den kleinen Papierfetzen von der Lippe. Sich vorzusehen nützt nichts, es ist nicht zu verhindern, dass die Klinge des Rasiermessers ab und zu auf einen winzigen Widerstand stößt und ihn mitnimmt, dann gibt es halt ein paar Blutstropfen. »Look in thy glass and tell the face thou viewest / Now is the time that face should form another …« Stimmt etwas nicht mit seinem Gesicht? Trixi hat ihn jedenfalls, auch wenn es einige Zeit her ist, mit diesen Zügen ausgesucht. Aber er hat auch nichts gegen sie einzuwenden. Außerdem, sobald er das Badezimmer hinter sich lässt, tritt an die Stelle des Spiegelbilds ein zwar vages, aber dafür auch flexibles Gefühl davon oder dafür, wer er ist und in welcher äußeren Gestalt sein Inneres sich zeigen mag – wahrscheinlich. Wahrscheinlich ist genug. Besser jedenfalls als die seitenverkehrte Simplifikation im Spiegel.

Plötzlich steigt widerlicher Verwesungsgestank aus dem Unterholz auf, irgendwo in der Nähe verrottet ein Kadaver, und das finden die Leute so attraktiv, dass sie dort mit Begeisterung ihre Dauerläufe absolvieren. Jetzt sieht er, was es ist: eine Stinkmorchel. Ekelhafte Maskerade. Also der Brief. Man hält ihn für einen anderen. Offenkundig existiert ein weiterer Walter Tomm, der sich nicht mit dem Abfassen zündender Werbebotschaften herumschlägt. Sondern womit? Das geht nicht hervor aus dem Schreiben, in dem Direktor Pipapo lediglich mitteilt, es gehe um die Lösung des berühmten Landkartenproblems. Das einzige Landkartenproblem, das Walter bekannt ist, ergibt sich im Auto, wenn die Patentfaltung einem verheimlichen will, wie es hinter dem Knick weitergeht. Ein Navigator gehört zur Grundausstattung des neuen Wagens, und er hat sich sogar ein besonderes Luxusgerät geleistet.

Wald ist wirklich nicht seine Sache. Angenehmerweise rücken jetzt die Verkehrsgeräusche unverkennbar näher. Diskrete Mathematik – gut, das ist das eine. Die Sache ist ihm grundsätzlich bekannt, auch wenn er sich schwertun würde, Trixi (ein allerdings schlecht gewähltes Beispiel, da er ihr mit staubtrockenem Zeug solcher Sorte gar nicht erst zu kommen braucht) – also dann eben seiner Sekretärin Sandra oder sonst irgendjemandem detailliert zu erklären, was genau darunter zu verstehen ist. Er kann damit leben, nicht alles zu wissen. Wie kommt man jetzt gerade auf ihn? Die Adresse stimmt, der Brief ist in seinem Briefkasten gelandet. Er ist an ihn gerichtet und an keinen sonstigen Walter Tomm. Und nun tut er etwas, was er später selbst nicht mehr versteht: Unerklärlicherweise zieht er kurzerhand das Telefon aus der Tasche und tippt die Nummer in die Tastatur, die er auf dem Briefkopf liest.

Mit wütender Promptheit meldet sich eine weibliche Stimme. Ihr Bellen bewacht offenbar das Vorzimmer dieses Herrn Maier, der irgendein Anliegen hat.

Ihr Chef, sagt Walter, suche den Kontakt zu ihm. Also, da rufe er an.

»Was wollen Sie denn überhaupt?«, fährt ihn die Stimme an.

Jetzt auch noch Unhöflichkeiten? Schlagartig wird ihm bewusst, wie idiotisch er sich benimmt, drückt den roten Knopf und kappt die Verbindung ohne weiteres Wort.

Wenig später trillert sein Telefon durch die Waldluft. Herr Maier ruft zurück.

»Herr Tomm? Fabelhaft, dass Sie so schnell anrufen.« Und statt damit herauszurücken, worum es eigentlich geht, fragt er, wann sie sich denn einmal zusammensetzen könnten, um sich in Ruhe zu unterhalten, die Sache werde ihm dann genau erklärt.

Walter ist das alles ziemlich gleichgültig, der Brief kann nur irrtümlich an ihn geschickt worden sein.

Durchaus nicht, widerspricht Maier bestimmt, das Schreiben gilt genau ihm und wurde wahrscheinlich etwas ungeschickt abgefasst – aber das ist eben Teil des Problems: Scheuklappen und mangelnder Sinn dafür, wie Kontakte aus der Wissenschaft heraus funktionieren können. Doch nun sei man ja glücklicherweise im Gespräch.

Er sagt das bei aller Verschwommenheit so freundlich, dass Walter sich nicht anders zu helfen weiß, als einzuwilligen, in diesem Institut vorbeizusehen; wo es sich befindet, samt Parkplatz im Hof, wird ihm dargelegt. Und zwar gleich am Nachmittag. Er ist über sich selbst verwundert. Der Heimweg vom Büro führt ohnehin vorbei. Den zusammengeknüllten Brief wirft Walter ins Gebüsch.

Joker

Bei der Lagebesprechung zeigt Sandra die Rechnung für die missratenen Bilder aus Mauretanien vor. Zusätzlich zum vereinbarten Honorar verlangt der Fotograf nun wegen der Rufschädigung, die ihm angeblich daraus erwächst, dass sich herumspricht, wie ihre Agentur mit seiner Kreativität umspringt, auch noch Schadenersatz. Die *Bürgerrechtsbewegung* hat sich an *Zabel und Freunde* dagegen gerade mit dem Auftrag gewandt, ihren Ruf aufzupolieren.

Maurer ist außer einem aufwendigen Plakatentwurf mit dem Slogan »Leidenschaft für die Sache« unter dem Genrebild eines in Lederkleidung vor seiner halbzerlegten *Harley Davidson* knienden harten Burschen noch nichts eingefallen. Bei genauerem Hinsehen entpuppt der sich als teiggesichtiges Vorstandsmitglied jener Partei, aus dem Masken- und Kostümbildner in halbtägiger Arbeit einen schweißglänzenden, ölverschmierten Rocker gemacht haben. Walter Tomm schlägt mit dem Karton, den Maurer stolz herumzeigt, auf die Tischplatte, die Zornesader steht prall auf seiner Schläfe.

»Welcher Teufel hat dich geritten, einen Mann, den viele aus der Zeitung und dem Fernsehen kennen, einfach als sein Gegenteil zu verkleiden? Ein solcher Schwindel erstickt doch sofort jedes Interesse. Wir müssen die Spuren von doppeltem Spiel herausdestillieren, das diese Leute treiben, aber eben nicht so, dass jeder sofort merkt, was los ist. Wie ein Goldsucher, Edgar, musst du dich hineinknien in die Welt dieser Partei und ihres Personals. Krümel um Krümel, und seien sie noch so winzig, musst du voller Demut herauswaschen, bis dann damit etwas anzufangen ist, Gold, Junge, das man zum Schillern bringen kann – was notwendigerweise immer noch auf Übertreibung hinausläuft, sogar extreme Übertreibung, die als solche auch wahrgenommen wird, aber das macht nichts. Alles ist denkbar, solange irgendeine hauchdünne Verbindung zur Wirklichkeit gewahrt bleibt, eine minimale Verankerung in der Realität«, kanzelt Walter ihn regelrecht ab. Denn das sei ja auch die Methode dieser Leute: Sie phantasierten nicht blindlings daher, sondern suchten sich wie laichende Barsche einen dünnen Schilfhalm schlichter Wahrheit und befestigten daran lange Girlanden unzähliger trüber Eier.

Später bemüht sich Walter, wieder einmal Ordnung auf seinem ausladenden Glastisch zu schaffen. Aus dem Radio kommt Musik. Um ein Uhr gibt es Nachrichten. Den Astronauten der internationalen Weltraumstation sind beim Spaziergang im Orbit gerade Teile einer *Ariane 5* um die Ohren geflogen. Er stutzt – sind die Überreste der explodierten Rakete damals denn nicht vollständig ins Meer gestürzt? Er war doch selbst dabeigewesen in Kourou. Zischen sie da oben etwa noch dreizehn Jahre später wie ziellose Kanonenkugeln durchs Firmament?

Die Aufräumarbeit ist nicht eben geeignet, Walter zu erheitern. Eine Anhäufung von Aktendeckeln und Plastikmäppchen, fast alles dreht sich um unergiebigen Kleinkram, und wo nicht, geht es um Streit oder anderen Ärger. Er verzichtet auf die Mittagspause, aber nach wenigen Stunden sind seine Kräfte erschöpft. Walter schiebt den verbliebenen Papierberg auf eine Seite des Tischs, klappt seinen Block zu, schaltet den Laptop aus und verlässt die Agentur, auch wenn der Nachmittag kaum richtig begonnen hat. Er hört die Tür in seinem Rücken zufallen und versucht sich einzureden, der nächste Tag werde Besseres bringen, schließlich propagieren Presse und Politik in auffallendem Gleichklang, der Höhepunkt der Weltwirtschaftskrise sei überschritten, nun stelle sich nach und nach wieder Normalität ein.

Nachdem er seinen Wagen, Professor Maiers Empfehlung folgend, irgendwie im dicht zugeparkten Hof untergebracht hat, geht Walter auf das Institutsportal zu. Ein paar Meter davor steht ein aschfahler Mann mit Flugblättern im Arm. Eine goldene Anstecknadel im Popeline seines Anoraks präsentiert die Profile von Marx, Engels, Lenin, Stalin und Mao wie Spielkarten hintereinander geordnet. Seine Stimme ist, anders als das farblose Gesicht, aus dem sie kommt, nicht matt, sondern schneidend. Unermüdlich spult sie Glaubenstatsachen ab. Walter bekommt etwas in die Hand gedrückt und wirft einen flüchtigen Blick auf den Zettel, dem nicht anzusehen ist, ob man ihn vor dreißig Jahren oder gerade erst an diesem Morgen gestaltet hat. Langsam schwingt die Tür hinter seinem Rücken zu, und draußen setzt sich monoton das Geleier fort: »Für eine Mathematik im Dienst der Volksmassen! Entlarvt die Kriseninszenierung der Wall Street als infamen Versuch, die Arbeiterklasse global entscheidend zu schwächen!«

Mit den Worten »Milch und Zucker sind aus« stellt Maier einen großen Becher nach Maggiwürze duftenden Kaffees vor Walter ab. Ein drahtiger Mann, ungefähr so alt wie er selbst. Um sein Gleichgewicht zu halten, hat der Institutsdirektor einen Fuß auf dem Spannteppich, den anderen wiegt er sprungbereit in der Luft. Er bringt seine Zeit nicht nur hinter dem Schreibtisch zu, so viel verraten die durchtrainierte Figur im dreiteiligen Glencheckanzug und sein sonnengebräuntes Gesicht. Wahrscheinlich benutzt er einen Elektrorasierer.

»Auf die Idee, Sie zu kontaktieren, hat mich mein Sohn gebracht, er kennt eine Ihrer Mitarbeiterinnen – Sandra Dubrow. Nettes Mädchen.«

Sandra? Was hat sie denn anderen Leuten zu erzählen?

»Sie werden sich fragen, was genau wir von Ihnen erwarten«, kommt der Professor zur Sache – mit einem fordernden Lächeln unter zusammengekniffenen grauen Augen, die vom Konkretesten aus mühelos ins Ungefähre vordringen und hinter jenem Horizont, den wir fürs Ende halten, längst den nächsten ausgemacht haben. Walter nickt, obgleich er bereits froh wäre, auch nur eine ungefähre Ahnung davon vermittelt zu bekommen.

Doch Maier kommentiert erst einmal die Lage der Wissenschaften ganz allgemein, ohne erkennbaren Bezug zur Frage, warum er so versessen darauf ist, das gerade ihm zu erzählen.

Wie lange, überlegt Walter, will Mirko eigentlich noch auf diesen Auftrag für die Internetseiten einer Firma warten, die offenkundig längst anders disponiert hat, und dabei hört er den Mathematiker ausholen, der auf sein Gegenüber gar nicht mehr zu achten scheint. Wie ein großes dunkles Tuch wirft sich die aufgestaute Müdigkeit, die er schon den ganzen Tag zurückhält, über Walters Hirn, es ist nichts dagegen zu tun. Hinter den Lidern wartet auf ihn

sein Erster Offizier. Er legt die Hand an die Mütze und meldet, welchen Kurs er dem Steuermann befohlen hat, um dem Sturm auszuweichen. Ernst streicht sein Blick von der wankenden Brücke über die tosende Wasserillusion.

Er fragt sich, wann der richtige Zeitpunkt gekommen sein wird, den Schafskopf darüber aufzuklären, dass sie sich gar nicht auf See befinden. Nicht einmal Menschen sind sie, sondern Gedanken, aber davon hat der Naivling dort noch nichts mitbekommen. Und Kapitän Mohnerlieser kratzt sich nachdenklich an der Pappnase …

Ein kurzes Schütteln durchzuckt seinen Körper.

»Die Behauptung lautet, dass man niemals mehr als vier Farben benötigt, um zwei benachbarte Länder auf einer Landkarte zu unterscheiden. Für fünf Farben leistet das jeder Mathematikstudent, für sechs kann man es so erklären, dass Kinder es kapieren. Aber vier?!«, dringt die Stimme des Mathematikers aus der Tiefe eines Fjords an sein Ohr. Die Streifen auf der Wand haben etwas beunruhigend Definitives.

Walter Tomm kann sich so schnell nicht entscheiden, wie er zu diesem Problem steht. Der Professor wartet hingegen nicht, sondern spricht einfach weiter: »Zwangsläufig haftete der ganzen Geschichte immer etwas Unbefriedigendes an, auch wenn Appel und Haken schon vor dreißig Jahren unter Einsatz des Computers bewiesen, dass es sich in der Tat so verhält. Die Sache blieb – auch nachdem Robertson, Sanders, Seymour und Thomas sie später vereinfacht hatten – gewissermaßen unschön.«

Unschön. Walter müht sich mit aller Kraft, die Augen offen zu behalten, und greift nach der Kaffeetasse, ein Henkelkrug der Sorte, wie sie zur Ausstattung von Arbeitsplätzen auf der ganzen Welt so verlässlich zählen wie Telefone und Computer. Trixi hat sich neulich erst vier solcher Humpen für ihr neues Büro gekauft.

»Die Zeit verlangt jedem Präsenz ab – wem sage ich das? Durchsetzungsfähigkeit, spritzige Selbstdarstellung, wir Wissenschaftler bilden hierin keine Ausnahme«, hört Walter die mittlerweile vertraute Stimme weiterdudeln wie Musik, zu der auch das regelmäßige Knirschen des neuenglischen Pferdeleder-Slippers gehört, in dem sich des Professors Standfuß auf und ab bewegt, und seine eigene Gurgel fügt ein Glucksen hinzu, wenn er einen Schluck Kaffee nimmt, der ihn nicht wacher macht.

»Wem ein Durchbruch gelingt, Herr Tomm, der sollte das nicht einfach abtun: Der darf diese Sensation gar nicht unterschlagen! Und wir im Institut – ich will Sie nicht auf die Folter spannen – wir haben die Nuss geknackt.«

Walter hat keine Ahnung, wovon der Mann spricht.

»Das werden wir nun nicht im stillen Kämmerlein kundtun, sondern mit einem gewaltigen Paukenschlag, in Form eines überraschend bunten Events, der Furore macht. Und da kommen Sie ins Spiel. Sie sind, wenn ich so sagen darf, der Joker: Sie verfügen nämlich über ein Wissen, das uns fehlt und das wir in der Vermittlung brauchen. Es geht um feinen, hintergründigen Witz. Damit bauen Sie die Brücke zwischen uns hier drinnen in unserer Welt der Theorie und dem Leben draußen, ein bisschen so wie Rivel, wenn Sie wissen, was ich meine. Kennen Sie Charlie Rivel? Aber soll ich Ihnen was sagen, ich habe mir Ihre Arbeit nämlich etwas angesehen – Sie sind besser.«

Ein Zirpen in seiner Jackentasche lässt Walter erzittern. Urlaubsreif, denkt er. Maier verstummt.

»Kannst du nachher bei *Wolff* vorbeigehen?«, fragt Trixi. »Da liegt ein Buch für mich, das ich bestellt habe. Aber nur, wenn du ohnehin vorbeikommst. Wann machst du denn Schluss?«

»Weiß ich noch nicht«, antwortet Walter knapp. »Es stehen noch ein paar Sachen aus, die ich erst abwarten möchte. Aber allzu lange bleibe ich heute nicht. Keine Sorge, um das Buch kümmere ich mich auf dem Heimweg.«

Er drückt die rote Taste so heftig, dass das kleine Ding in seiner Hand gleich mehrfach an- und ausgeht.

Komisch, weshalb hat er ihr nicht verraten, dass er nicht mehr im Büro ist? Und Maier, was will der mit dem Gerede von einem Clown? Welcher Clown? Seiner – Mohnerlieser? Wie in aller Welt geht es an, dass jemand von dem Larifari weiß, das ihm nachts auf die Nerven geht? Die Behauptung, gewisse Psychopathen könnten unsere Gedanken lesen wie die Zeitung, ist Walter nicht neu. In der Realität haftet der Sache etwas Unheimliches an. Der Professor blättert zufrieden in einem mathematischen Skript.

Aber wieso hat er Trixi eben belogen? Sie sagen sich doch die Wahrheit, nicht nur, wenn es darauf ankommt, sondern immer – schon um das nicht unterscheiden zu müssen. Ihr Anruf war einfach zu überraschend. Es wäre zu kompliziert gewesen, ihr die ganze Geschichte gleich zu erklären: Wo er sich hier aufhält und warum. Dass er mitten am Tag sein vor unerledigter Arbeit platzendes Büro verlässt, um ein Institut aufzusuchen, in dem er garantiert nichts verloren hat, weil das Ganze bestenfalls auf einer Verwechslung beruht. Man wollte ihn übertölpeln. Wenn er selber schon nicht mitkommt, wie sollte da sie sich so schnell durchfinden? Was ist ihm übriggeblieben? Sollte er ihr mitteilen, für wen man ihn hier hält? Für einen Clown. So schnell ist ihm einfach nicht eingefallen, wie er ihr all das hätte auseinandersetzen können.

Trixi weiß nichts von einem Mathematikprofessor namens Maier, sie würde nicht an dessen, sondern an seinem Verstand zweifeln. Doch die ganze Angelegenheit ist vollständig bedeutungslos. Er hat es aus Bequemlichkeit – Unsinn: aus Verantwortungsgefühl – vorgezogen, diese Lappalie gar nicht zu erwähnen und stattdessen so zu tun, als sei auch an diesem einzigartig verkorksten Tag alles so wie immer und er auch selbstverständlich in der Agentur. Eigentlich haben seine Reflexe sogar ganz gut funktioniert. Seine Aufgabe, auch wenn sie das gar nicht wahrnimmt (umso besser), besteht ja darin, Trixi nicht zu beunruhigen. Ihr gemeinsames Leben zu schützen. Einmal richtig ausschlafen, dann ist alles wieder im Gleichgewicht. Walter greift nach Maiers Hand. Der Mathematiker fasst begeistert zu, entlegenste Geistesgefilde fest im Blick, und gerade will er zu neuen Exkursen ansetzen, da geht Walter einfach durch die Tür.

Das Mieder

Alltäglichkeit – weitermachen nach einem kurzen Aussetzer. Er wird doch noch bis zum Schluss ausführen, was er Trixi gegenüber eben nicht ganz genau und scharf bis zu den Rändern dargestellt hat. Das Eis, auf dem wir stehen, ist noch viel dünner, als uns schwant. Beinahe. Zurück ins Büro. Ein neuentwickeltes winziges Stadtfahrzeug soll auf dem Markt plaziert werden, und in der Agentur denken sie über einen einprägsamen Slogan nach, mit dem technische Primitivität in einen Vorzug umgemünzt wird. Bava behauptet, ihm sei dazu etwas eingefallen.

Die Sache erinnert Walter daran, wie alles anfing, damals, als Ingenieur in München. Gerade war ein revolutionärer Kleinwagen herausgekommen, auf den andere Hersteller anscheinend keine direkte Antwort zu geben wussten. Trixi und er besuchten eine Party. Nach zwei Bourbons malte er sich zum Spaß aus, wie clevere Werbung für die Konkurrenz aussehen könnte: eine ganzseitige Anzeige in Schwarzweiß, nur ein großes Foto der alten *Isetta* darauf, darunter der Satz »Wir waren schon 1955 smart«. Mirko Zabel war auch da, und so wurde der damals auf ihn aufmerksam. Die Routine jedoch, nach der es ihn jetzt mehr als nach irgendetwas anderem verlangt, das Verlässliche, Unspektakuläre, Übliche, nichts von alldem stellt sich heute ein. Und die *Buchhandlung Wolff* hat gerade geschlossen, als er vor der Glastür steht, um Trixis Buch abzuholen.

Sie trägt ein schwarzblaues Mieder, das Walter nie zuvor gesehen hat. Am Hals ist es mit Metallschnallen verschlossen, und unter ihren Brüsten zieht sich eine Schnürung hinab.

»Was ist das?«, fragt er.

»Weiß ich nicht.«

Vorhin, ehe sie ihn angerufen hat, sagt Trixi, ist sie in seinem Büro vorbeigegangen, um ihn auf einen Kaffee loszueisen. »Dort warst du nicht.«

Die ganze Zeit hat er am Schreibtisch gesessen, zwischendurch kurz einmal nicht – was spielt das für eine Rolle? Walter spürt das Wirbeln in seinem Kopf. Warum benimmt er sich, als hätte er etwas zu verbergen? Wieso hat er ihr nicht gleich verraten, wo er zufällig gerade war, als sie anrief? Anscheinend muss er zwanghaft dafür sorgen, dass dieses unergründliche Schuldgefühl Trixi gegenüber, das in ihm versteckt ist und normalerweise keine Gelegenheit erhält auf den Plan zu treten, sich eben doch präsentiert und wichtig macht. Selbst wenn es sich nur um eine so sinnlose wie überflüssige Lüge handelt – dafür reicht sie allemal. Dass sich nämlich die Frage in Erinnerung bringt: Wenn das nicht stimmt, was dann noch alles nicht? Und die Antwort darauf, die möglicherweise schlicht und einfach darin besteht, dass mit letzter Sicherheit gar kein Walter Tomm existiert, an den man sich halten kann. Sie nicht, und er selbst schon gar nicht. Dass man beim besten Willen nicht immerfort so tun kann, als handele es sich dabei um anderes als einen Wunsch, einen Willen, dem man abnimmt, mehr zu sein – solange man kann. Jedenfalls nimmt diese überflüssige Lüge, bei der er erwischt worden ist, allem, was er sonst noch zu sagen hat, die Selbstverständlichkeit.

Und wenn er jetzt die Mitteilung über einen Brief nachreicht, den er am Morgen aus den Kasten nahm, ihr erzählt, dass er das Büro verlassen hat, um der Frage persönlich nachzugehen, was man eigentlich von ihm will in jenem Institut, geht es kaum noch um all das und seine objektive Belanglosigkeit. Er hat dafür gesorgt, dass vollständig uninteressant geworden ist, was er nun wortreich ausführt: dass der Brief diesen zentralen Punkt ja gerade offenließ, wie er erklärt. Auch am Telefon hat ihm das niemand verraten können, und deswegen …

»Niemand?«, unterbricht sie müde seinen Sermon, wer denn all die ihm angeblich unbekannten Mathematiker sind, die er um Aufklärung gebeten hat.

Er fühlt sich jämmerlich. »Ich habe mich natürlich direkt an diesen Institutschef gewandt, der mir schließlich auch geschrieben hat, Maier heißt er, deswegen bin ich bei ihm gewesen. Sonst hätte ich mir das doch schenken können, und ein Anruf wäre ausreichend gewesen. Am Telefon aber hat Maier nicht sagen wollen, worum es geht.«

Trixi sieht ihn an mit einer Mischung aus Unglauben und Mitleid im Blick. Eigentlich wie einen Fremden. Einiges von dem, was er erzählt, kann stimmen. Idiot, denkt sie. Langsam und ohne nachzudenken, befreit sie sich aus ihren Verschnürungen und legt sich zu Walter ins Bett.

Nach einiger Zeit steht sie wieder auf. Sie nimmt ihre Decke mit, setzt sich an den Tisch in der Küche und notiert ein paar Gedanken, die ihre Arbeit betreffen. Zählte Richard Lindner zu den Künstlern, fragt sie sich, die in der Wohnung arbeiten, oder hat er es vorgezogen, externe Ateliers zu nutzen? Als er dann berühmt war, sind seine Frau und er zwischen New York und Paris gependelt. Wo hat er dort gewohnt und gemalt? Ist davon etwas zu filmen? Gibt es Fotos?

Später schmiegt Walter sich an sie, und während er sie zu küssen beginnt, flüstert er etwas vom duftenden Laub im Wald. Sie entzieht sich der Umarmung. Es dauert auch nicht lange, bis er in tiefe Bewusstlosigkeit zurücksinkt. Immer neu setzt er sie damit in Erstaunen: Während es ihr, gerade wenn sie erledigt ist, schwerfällt, auch nur in einen dünnen Schlaf einzutauchen, braucht er sich nur etwas anders zu drehen, dann liegt er schon wieder wie narkotisiert da.

Sein Arbeitstag hat ihn leergepumpt, stellt Mohnerlieser fest. Ein Blick auf die monströse Scherzuhr an seinem Handgelenk fördert einen Wasserstrahl zutage. Er steht von seinem Hocker vor der Frisierkommode auf, zieht die Jacke mit den großen Karos und den bunten Flicken darauf aus und entledigt sich der plump überdimensionierten Witzschuhe, um sich nach getaner Arbeit heimzubegeben.

Auf dem Weg zum Ausgang kommt Walter – um den es sich bei ihm jetzt Gott sei Dank wieder handelt, wie er feststellt, denn die Idee, dass Trixi sich mit diesem Clown einlässt, ist mehr als bedrückend – an den gegeneinandergestellten Schreibtischen seiner Mitarbeiter vorbei. Er sagt aber nichts Abfälliges, während der Klang seiner Schritte auf dem Weg hinaus durch die Korridore hallt, mit der halb abgelösten, klatschend ventilierenden Sohle. Wichtig nur, dass er bald zu Trixi nach Hause gelangt und ihr dort etwas zeigt, was sie noch nie gesehen hat. Doch je schneller er läuft, gar nicht mehr darauf achtend, was die schleppende Sohle an Geräuschen produziert, desto länger werden die Gänge. Hinter jeder Ecke setzen sie sich fort. Ja, sie nehmen gar kein Ende mehr …

Unausgeschlafen und zerschlagen lässt er am nächsten Morgen das kalte Wasser mit voller Wucht auf die Duschkappe und seine taube Haut prasseln, ohne eine Ahnung davon, wie abzuwaschen ist, was sein Bild in den Augen der Frau, die ihm alles bedeutet, jetzt durch ein paar lächerliche, aber haargenau plazierte Nebensächlichkeiten entstellt. Wieso ist man allem so ausgesetzt? Warum gibt es keinen Schutz? Falls im Louvre einer heimtückisch den Filzstift aus der Tasche zieht, um mit einem einzigen Strich die ganze Mona Lisa zu verschandeln, stößt er auf Panzerglas.

Tango

Das linke Hinterfenster seines Autos ist in tausend Splittern auf den Innenraum verteilt. Ein weißlicher Teppich bedeckt glitzernd wie Neuschnee das Leder der Rückbank. Tomm setzt sich ans Steuer und betrachtet durch die intakte Windschutzscheibe den makellosen schwarzen Glanz der Kühlerhaube. Alles wie am Vortag, alles wie immer in den letzten zwei Monaten, seit er den Wagen abgeholt hat – bis er den Blick wieder senkt und bemerkt, dass es auch hier vorne neben ihm aus den Tiefen der Polsterung funkelt. Scharf sind die Glaskrümel nicht. Patentierte Sicherheitsfenster. Das Sichere daran ist offenbar nicht, dass sie Schlägen standhalten, sondern auf welche Weise sie unter ihnen zerbröseln. Warum die eingeschlagene Scheibe? Um ihm Schuld und Schande anzukleben, eine Ohrfeige aus dem Nichts? Was hat er getan, wenn es wirklich so ist, wie Trixi glaubt, nämlich dass man an allem beteiligt ist, was einem widerfährt. Walter hat es nie fertiggebracht, sie vom Gegenteil zu überzeugen. Und was er hier sieht, erscheint ihm als Zerrbild wirklicher Möglichkeiten. Die Sinnlosigkeit selbstzweckhafter Zerstörungswut springt über auf das, was sie angreift. Ihre Absurdität lässt den Zustand, den sie beseitigt hat, im Nachhinein absurd erscheinen, da ein einziger Akt rigoroser Gewalttätigkeit gelangt hat, ihn ohne weiteres zu beenden.

Walter schaut sich um. In ihrer Straße, im ganzen Viertel stehen Autos mit eingeschlagenen Fenstern. So viele, dass rasch etwas unternommen werden muss. Trotzdem merkt er, wie er aufatmet. Wenigstens ist er nicht allein mit seiner Schuld. Dann zieht er das Telefon hervor und meldet der Polizei, dass ein Irrer herumzieht und Autoscheiben zertrümmert.

Die Dame am anderen Ende der Leitung erkundigt sich aufgeräumt nach einer Liste aller Kennzeichen, um rasch die Halter sämtlicher beschädigter Fahrzeuge benachrichtigen zu können.

Deshalb rufe er nicht an, sondern damit sie einen Streifenwagen losschicken, um den Täter zu fassen.

Dann möge er im Präsidium vorbeikommen, um dort »Anzeige gegen Unbekannt« zu erstatten. Daraufhin gibt er Sandra Bescheid, dass sie die Vormittagslage ohne ihn abhalten müssen.

Die Zeiten herrischer Wachtmeister sind vorbei. Bei seiner Ankunft haben zwei junge Frauen ihm lächelnd ein freundliches »Hallo!« entgegengehaucht. Nun wartet er im Foyer des Polizeipräsidiums. Eine lichtdurchflutete Halle ganz aus Kristall – keine Löcher, keine Scherben. Draußen vor der Glitzerfassade starten kraftstrotzende Polizeimotorräder, andere werden abgestellt, und wenig später stapfen die Fahrer in luftdichter Montur am Empfang vorüber. »Mahlzeit«, gurren die Frauen, ehe die Kollegen ihnen zuvorkommen.

So einsilbig wie an diesem Morgen ist Trixi selten zu erleben gewesen. Irgendwann hat er es aufgegeben, weiter nach einem Gesprächsstoff zu suchen. Wieso dann allerdings er es ist, der das Gefühl des Ungenügens nicht los wird, als bleibe er ihr fortwährend etwas schuldig, versteht er nicht. Umso wehrloser ist er damit aus der Wohnung gegangen, und die zertrümmerte Scheibe schien ihm die Quittung für all das, was sich nicht greifen lässt.

Ein stämmiger kleiner Mann von der Statur eines abgesägten Baums erhebt sich Mal um Mal, wenn ein Polizist mit den Gummisohlen über den Steinfußboden quietscht und dann keine Notiz von ihm nimmt. Sitzt er dann wieder auf dem Stuhl, fällt der Unterschied kaum auf. Außerdem hat sich eine Gruppe Orientalen eingerichtet. Ein paar Männer, Frauen, eine Riege Mädchen. Ein Junge ist auch dabei, ein einziger, mit flaumig überschattetem Mund. Die Frauen sprechen gleichzeitig in ihrer fremden Sprache aufeinander und auf die Männer ein, von denen sie schweigend ignoriert werden. Zwischendurch löst sich die eine oder andere Stimme und ruft die Mädchen zur Ordnung, die sich trotzdem weiter von den Stühlen drängen, durch die Halle jagen und mehrsprachig krakeelen, während der Junge nur dasitzt und verschlossen wie eine Sphinx mit weichen Fingern die Tasten eines elektronischen Spielzeugs drückt.

Das herzförmige glatte Gesicht des Beamten hinter der Schreibtastatur zeigt nicht die geringste Regung, als Walters Anzeige endlich aufgenommen wird. Der Kommissar lässt keinen Zweifel, dass es nur darum gehen kann, die Sache formvollendet zu den Akten zu legen. Ihm als Geschädigtem stehe selbstverständlich frei, den Schaden der Versicherung zu melden.

»Dafür lassen Sie mich stundenlang warten? Das weiß ich auch selbst. Welches Honorar zahlen Sie eigentlich Ganoven, die zwischen zwei Einbrüchen von sich aus bei Ihnen vorsprechen, um die Akte auf den neuen Stand bringen zu lassen?«

Wortlos schiebt der Beamte mit dem regungslosen Wachsgesicht das ausgefüllte Formular hinüber und fordert ihn mit dem Finger auf, an der bezeichneten Stelle zu unterschreiben. Kleine kühle Augen fixieren ihn.

»Wenn der Betreffende nichts weiter auf dem Kerbholz hat – und danach sieht es hier ja zunächst einmal aus, jedenfalls ist nichts aktenkundig, was mit diesem Fall in Verbindung zu bringen wäre –«, sagt der Ermittler, »sollte er lieber etwas Nützliches mit seiner Kraft anfangen. Das wird man ihm sehr ernsthaft nahezubringen versuchen, sobald man seiner habhaft geworden ist: ›Was sagt denn Ihre Freundin dazu‹, redet man ihm ins Gewissen, ›oder haben Sie Liebeskummer, und benehmen Sie sich darum schlecht?‹ Was wollen denn Sie unternommen wissen, Herr Tomm? Vielleicht führen wir Ihnen zu Gefallen die Streckbank wieder ein? Aber diese Zeiten sind vorbei! Wir vermitteln den jungen Mann in einen Verein (denn ein Täter und keine Täterin wird es wahrscheinlich sein, Zerstörungsdelikte dieser Art werden zu 80 Prozent von Jugendlichen männlichen Geschlechts begangen – so viel nur, damit Sie sich keinen falschen Vorstellungen hingeben und sehen, dass wir unsere Arbeit machen). Vielleicht hat er eine gute Stimme, dann wird er ermutigt zu musizieren. Warum nicht in einer Punk-Band? Oder – konservativer – ein Tangokurs in Argentinien. Er ist jung, hat seine Zukunft noch vor sich.«

»Und meine Zukunft? Was ist mit mir?«, murmelt Walter.

Identitätsprobleme

Das Radio lärmt aus den offenen Türen in den Hof, während Kupkas Handwerker mit Brötchen und Kaffee ein zweites Frühstück zu sich nehmen. Trixi beschließt, gleich etwas zu sagen und die Gelegenheit zu nutzen, sich vorzustellen. So lässt sich die Beschwerde freundlich verpacken. Sobald sie ihr Studio erreicht hat, schickt sie Gerbers Produktionsleiterin Monika eine Nachricht mit der Bitte um Recherchen in einem Filmarchiv. Im Schaufenster eines Antiquariats hat sie eine schöne alte Ausgabe der Shakespeare-Sonette gesehen. Der Laden war geschlossen, sonst hätte sie das Buch für Walter gekauft. Voller Zärtlichkeit denkt sie an ihn, tatenlos wird sie nicht zusehen, wie sich zwischen ihnen ein Abstand einrichtet. Nachdem sie sich einen Kaffee gemacht hat, blättert Trixi in einem ihrer Lindner-Bücher.

Am späten Vormittag verlässt sie ihr Büro und begibt sich zum Bahnhof, um nach Köln zu fahren. Gerber hat einen Termin mit einem Redakteur arrangiert. Das Entree zum Hochhaus des Fernsehsenders ist mit einer Schleuse aus schussfestem Glas gesichert. In seiner langen Liste der Mitarbeiter sucht der Mann in der Pförtnerloge nach der Telefonnummer des Redakteurs Christian Nitschke; sie sagt ihm die Durchwahl, aber er will sie persönlich in seinem Verzeichnis finden. Schließlich spricht er lächelnd einige Worte ins Telefon und richtet ihr dann aus, sie werde am Eingang abgeholt. Während sie zusammen im Lift nach oben fahren, lässt Nitschke die Finger der linken Hand flattern, als ob der Wind in ihnen spielte. Die Sehnen, erklärt er – sie schnitten ihm in die Knochen. Trixi wundert sich, dass er die Hand dann nicht lieber ruhig hält, statt alle Sehnen gleichzeitig in die Knochen sägen zu lassen. Für ihn als Linkshänder, redet er weiter und entfacht einen kleinen Fingersturm, bedeute diese chronische Behinderung, dass es ein für alle Male vorbei sei mit dem Schreiben. Offen nur noch die Frage, wann sich die Frühpensionierung, gegen die er sich stemme, wirklich nicht länger umgehen lasse.

Die Hand sei ja noch das wenigste, brummt er, als sie sein kleines Büro im sechsten Stockwerk erreicht haben. Der Elektrosmog aus den Monitoren, vor dem er seit Jahren warne, ohne dafür mehr als ein Schulterzucken zu ernten, gilt seit drei Wochen offiziell als lebensgefährliche Tatsache. Stündlich rechne man mit der gerichtlich verfügten Schließung sämtlicher Schneideräume. Das bedeute für ihn dann auf jeden Fall den Abschied, denn in irgendein Provisorium lasse er sich am Ende eines Berufslebens, das seine Gesundheit ruiniert habe, nicht mehr abschieben. Das, wofür sie sich auf die Reise zum Sender gemacht hat, die Frage nämlich, ob die Filmidee, die sie vorstellt, realisiert werden soll oder nicht, bleibt unerwähnt.

Nach zwanzig Minuten zeigt Nitschke plötzlich auf ihr Exposé: »Verstehen Sie, liebe Frau Ghedina, ich bin ein Auslaufmodell. Wenn ich mich jetzt für diesen Film hier interessierte, könnte ich ihn wahrscheinlich gar nicht mehr durchziehen. Verraten Sie mir aber so viel – wo sehen Sie eigentlich die Aktualität einer so eingehenden Beschäftigung mit einem Künstler, der seit dreißig Jahren nicht mehr lebt und um den es, so viel darf man schon sagen, auch etwas ruhig geworden ist?«

»Warmherzigkeit verbunden mit einem Wissen um den Abgrund, in den die Leidenschaft blicken kann, daraus machte er einzigartige Malerei. Kennen Sie seine Bilder?«

»Sicher, vor vierzig Jahren war das alles sehr interessant: Auch wir haben unseren Pop-Künstler, einen emigrierten Juden in New York und so weiter. Sie wollen also eine Dokumentation über einen Naziverfemten erstellen. Eine wichtige Aufgabe. Die aber gelöst ist. Wissen wir das nicht alles? Geht es heute nicht um andere, radikalere Positionen?«

»Die schwarze Silhouette einer Frau in Stöckelschuhen vor einem roten Hintergrund, die sich gerade auszieht – im Visier eines Voyeurs im fliederfarbenen Mantel, der in ein Tigerfell übergeht. Abstrakte Muster, die sich als Geschlechtsteile erweisen und umgekehrt. Wer sonst hat das je gemalt?« Trixi spürt, dass sie ins Leere kämpft.

»In Tausenden von Filmen ist die Nazizeit mit all ihren Auswirkungen beleuchtet und ausdifferenziert worden«, spricht Nitschke betont deutlich weiter, der sich über sie ärgert, weil er es nicht gewohnt ist, auf taube Ohren zu stoßen, »jeder weiß, was von den Nazis politisch, moralisch und mit gewisser Einschränkung auch künstlerisch zu halten ist. Das immer weiter erzählt zu bekommen ist nicht aufregend.«

»Daran liegt mir doch überhaupt nicht.«

»Schauen Sie sich um, was heute geschieht: Da treten jüngere Künstler an, die gar nicht mehr so tun, als strebten sie eine Art Schönheit an, wie Ihr Lindner. Die nicht daran denken, zu argumentieren, zu belehren, zu diskutieren.

Fettecken und Bäumepflanzen? Können Sie vergessen. Die recken jetzt den Arm zum Hitlergruß in die Luft und lassen uns mit dieser Provokation stehen. Begreifen Sie? – das ist spannend. Für einen Film darüber finden Sie in mir sofort einen Partner.« Seine Finger sind zur Ruhe gekommen.

»Ich interessiere mich für einen Maler, der augenblicklich nicht in Mode ist. Aber ich versichere Ihnen, dass seine Bilder geschichtlichen Bestand haben werden. Er hat auf seinem Sonderweg eine Tür aufgemacht. Seine Wurzeln liegen hier in Deutschland, und als Deutscher, das hat er selbst bekannt, glaubte er noch nach Jahrzehnten in New York, Leichtigkeit sei dasselbe wie Oberflächlichkeit. Für meinen Film ist die Tatsache, dass er als Antinazi und Jude ins Exil musste, gar nicht so sehr von Belang. Was mich fesselt, ist die Originalität seiner Kunst.«

»Davon gibt es reichlich. Wir sind hier beim Fernsehen und brauchen Auswahlkriterien. Wir kümmern uns vor allem um das, was heute virulent ist. Zwanzig Jahre nach dem Fall der Mauer interessiert mich die Frage: Was sagt mir die Kunst darüber, in welchem Land wir leben? Wer wir sind, Frau Ghedina.«

»Ach ja, Deutschland und seine schwierige Frage nach der eigenen Identität.« Trixi lässt sich ihre Enttäuschung anmerken und klappt ihr Notizbuch zu.

Clownsbedarf

An seinem Schreibtisch im *Institut für Diskrete Mathematik* sitzt der Direktor und blättert zufrieden in der neuesten Ausgabe der *Manegenrundschau*. Wie gut sein Einfall war, einen professionellen Kommunikator einzuschalten, wenn es darum geht, aus der eigenen Wagenburg herauszutreten, das werden die neidblassen Kollegen bei der sensationellen Präsentation der vollständigen Lösung des Vierfarbenproblems durch ihn und seine Leute zu sehen bekommen. Da weht nämlich ein frischer Wind bei ihnen! Es ist *sein* Institut, er hat nur die besten Leute versammelt – den blitzgescheiten Namura, womöglich ein Abelpreiskandidat, die sollen nur aufpassen, oder Haraldsen, den Schweiger aus Stavanger, der seinen Führerschein schon in der ersten Woche nach seiner Ankunft im deutschen Schnapsparadies losgeworden ist, aber auch volltrunken noch jeden an die Wand kalkuliert: Wissenschaftler, von denen die Welt noch hören wird und die unter seinem Dach endlich den entscheidenden Schritt zur vollständigen Aufklärung des ganzen Sachverhalts gemacht haben. Solchen Leuten muss man den Rücken freihalten und einen zeitgemäßen Rahmen schaffen für diese Leistungen. Maier kneift die grauen Augen zusammen und vertieft sich in das Dekor der Kaffeetasse vor ihm: Und was dabei herauskommt, darf man dann, gerade wenn es sich um spektakuläre Resultate ihrer Arbeit handelt, natürlich nicht einfach sich selbst überlassen! Die Klärung des Vierfarbenproblems ist eine Weltsensation, und er denkt gar nicht daran, sie im routinierten Einerlei untergehen zu lassen.

Er hat vorgezogen, sich an die beste Werbeagentur zu wenden, und deren Chefdenker ist auch gleich klar gewesen, worum es geht. Natürlich ist es teuer, ihre Dienste in Anspruch zu nehmen, viel zu kostspielig für eine Institution wie seine. Aber offensichtlich ist es auch für Koryphäen aus der Werbung nicht ohne Reiz, wenn ihr Name sich mit einer glanzvollen wissenschaftlichen Leistung, mit einer exzellenten Forschungseinrichtung wie seinem Institut verbinden kann – mehr wert als manches Honorar. Am Morgen im Bahnhofskiosk hat er die *Manegenrundschau* zwischen Pornomagazinen und Anglerzeitschriften hervorgezogen. Vielleicht kommt er beim Durchblättern auf noch so einen Geistesblitz wie das Gleichnis vom brückenbauenden Clown, mit dem er Tomm auf die Sprünge helfen konnte. Keinesfalls darf der sich der Illusion hingeben, es mit einem altmodischen Verein von kreideverschmierten Sonderlingen zu tun zu haben. Wie mag so eine Publicrelationsagentur wohl arbeiten? Vielleicht kommt eine Matt-Damon-Parodie als Will Hunting vor einer großen Schultafel dabei heraus. Oder ein Rap-Sänger, der die Formeln zu knallharten Rhythmen herunterrattert? Vielleicht wird ja noch ein Hit draus.

Und damit es nicht allzu lange dauert, bis die Agentur von sich hören lässt, beschließt der Professor jetzt, Tomm schon einmal zwischendurch eine witzige Erinnerung zu senden. Sie haben sich gleich verstanden – warum das abreißen lassen? Nachdem sie soweit im Geschäft sind, am besten per E-Mail direkt von Schreibtisch zu Schreibtisch. Die Adresse der Agentur ist schnell ausfindig gemacht, und schon drückt Maier vergnügt den Knopf, mit dem er einigen Herstellern von Clownsbedarf mitteilt: Walter Tomm <wtomm@zuf.com> bittet um Angebote.

Dreckbrühe

Die vormittägliche Lagebesprechung hat Walter verpasst – vielmehr ist sie ausgefallen, wie Mirko ihm säuerlich mitgeteilt hat. Walter ist zunächst zur Werkstatt gefahren, um das Auto in Reparatur zu geben. Nun sitzt er in der Agentur und fühlt sich geschlagen, noch bevor er wieder ins Feld ausgerückt ist – inzwischen kein alberner Ausdruck mehr zur Dramatisierung langweiliger Bürotage, sondern eine Verharmlosung. Ein blindwütiger Krieg um Aufmerksamkeit ist entbrannt, Kampf bis aufs Blut, jeder gegen jeden. Aufmerksamkeit schenken, hat es einmal geheißen. Niemand bekommt mehr irgendetwas geschenkt.

In der Innenstadt tauchen gelegentlich Leierkastenspieler auf, die noch immer ihre alten Walzen drehen und sogar den mechanischen Affen die Zymbeln schlagen lassen. Manche Passanten werfen im Vorübergehen eine Münze in den Korb. Stehen bleibt selten einer, höchstens mal für einen Moment ein verträumter Vater mit seiner kleinen Tochter an der Hand. Walter erinnert sich gut an die Zeit, als es selbst in Berlin noch gelangt hat, auf der Straße mit der Gitarre herumzusitzen, um einen Tumult zu verursachen. Der Wirbelsturm aus Bildern, Tönen, Appellen, Provokation und Einschmeichelei hat nichts von dieser Welt übriggelassen als ein paar belanglose Schnörkel am Rand. Ein Taifun unerbetener Mitteilungen fegt über die Erde, und mittendrin soll er dafür sorgen, dass gerade jene Botschaften nicht übersehen werden, die ihre Agentur überbringen will? In welche Schlacht soll er überhaupt ziehen? Er schaltet den Computer an und findet eine Nachricht von Trixi vor: Es wird heute spät bei ihr, da sie mit Pavol Schuster, dem Kameramann, über ihren Film sprechen will. Walter ist selbst verabredet. Hat er vergessen, ihr Bescheid zu geben, dass die Mitarbeiter der Agentur am Abend zusammen essen gehen?

Sie sitzen in irgendeinem der unangenehmen Restaurants zusammen, wie sie Mirko für Gelegenheiten dieses Zuschnitts nach schwer zu verstehenden Kriterien aussucht, und trinken. So bald wie möglich macht Walter Kopfweh geltend, was nicht einmal eine Lüge ist. Schwarze Löcher der Langeweile sind anstrengend genug, aber wie ertragen manche Kollegen es bloß, abends auch noch nach Reykjavik, Tallinn und Irkutsk zu fliegen, um sich dort, mit Drogen vollgepumpt, von Basslautsprechern plattmachen zu lassen? »Oh, full of scorpions is my mind, dear wife!« Wie hat er es satt, in Demutshaltung vor Trixi auf den Knien herumzurutschen. Was gibt ihr das Recht, ihn zu verachten? Einen Menschen, der das Leben zu meistern weiß und den man sogar zu lieben vorgibt, systematisch seiner Standsicherheit zu berauben, ihn zum hilfsbedürftigen Krüppel herunterzubrechen, wenn das nicht radikalste Erniedrigung bedeutet! Sie, die nichts von alledem mitbekommt, was er in diesen Zeiten auszuhalten hat. Damit ist Schluss. Noch an diesem Abend wird er Trixi zur Rede stellen. Erregt starrt Walter auf den Tachometer des Taxis, als ließe sich mit Blicken die Geschwindigkeit hochtreiben.

In der Wohnung ist Trixi allerdings nicht vorzufinden. Sie unterhält sich offenbar prächtig. Man hat unter Filmleuten ja auch Amüsanteres zu besprechen als den Untergang der Welt. Seiner Welt. Ihrer aller Welt. Er hängt den Anzug auf den Balkon an die frische Luft, stellt sich unter die Dusche, nimmt einen Band Shakespeare-Komödien aus dem Regal und legt sich ins Bett. Vielleicht hat Bob, der an diesem Abend wieder alleine zurückgeblieben ist, angenehm geträumt – jetzt trapst er heran und springt zu ihm auf die Decke, um sich den Rücken kraulen zu lassen. Zwischen den Seiten der meisten Bücher, auch in diesem, begegnen Walter ein paar von Bobs Haaren, jetzt werden es vielleicht ein paar mehr.

Irgendwann kommt Trixi nach Hause. Er hat schon eine Weile geschlafen und wird von ihrem lauten Gepolter aufgeweckt. Sie wirkt alkoholisiert. Beim Zähneputzen beginnt sie plötzlich laut zu lachen.

Was an ihm ist in ihren Augen so ungeheuer komisch, fragt er sich …

und fährt seine Sekretärinnen hinter den gegeneinandergestellten Schreibtischen an: »Fertigen Sie das Plädoyer gefälligst doppelt aus, meine Damen, wenn ich bitten darf, denn der Richter kann nachher seine Begeisterung wieder nicht zähmen und wird mich natürlich bitten, ihm ein persönlich gewidmetes Exemplar zu überlassen!«

Damit ist sein inneres Gleichgewicht wiederhergestellt, und beim Gedanken daran, wie sie wohl aus dem Sekretärinnenpulloverkragen hervorlugen werden, wenn ihnen dämmert, dass sie mit ihrer gesammelten Pedanterie dem Clown als solchem zu dienen haben, schüttelt er sich vor Vergnügen, während der Klang seiner Schritte auf dem Weg hinüber in den Gerichtssaal den Korridor beherrscht, bis der gebieterische Hall des überdimensionierten Schuhwerks mit der halb abgelösten, klatschenden Sohle verklungen ist.

*Der Schuh gibt Geräusche von sich wie ein Luftballon, der sich
leert. Das gehört dazu – dazu, dass er all die anderen hochbezahl-
ten Pfeifen bei Gericht in Bausch und Bogen an die Wand plädiert.
Der Clown streicht den schwarzen Talar zurück und zieht sich die
rote Pappnase ein Stück aus dem Gesicht, bis das Gummiband sie
schnurstracks wieder zurückflitzen lässt, genau dorthin, wo ihr
Platz ist. Auch so eine Pointe, die im Gerichtssaal immer wirkt,
selbst wenn sie nicht jeder gleich mitbekommt.*

Ohne Frühstück im Bauch, weil Trixi nach dem langen
Abend einfach weiterschläft, tritt Walter am nächsten Morgen in die graue Herbstluft. Der Wagen ist in der Reparatur.
Jetzt stellt Walter fest, dass es eigentlich ganz angenehm
ist, sich um diese Uhrzeit im Nebel zwischen den anderen
Menschen durch die Straßen zu bewegen, die alle irgendeinem Ziel zustreben. Wann hat er das zuletzt getan? Was
vermisst er denn mehr als den geregelten, gewöhnlichen,
nüchternen Gang der Dinge? Übrigens hat nicht jeder es
eilig, manche bleiben stehen und holen sich eine Zeitung.
Oder sie trinken zwischendurch in einer Bäckerei ihren
Kaffee. Eine gute Idee, findet er, kauft bei nächster Gelegenheit ein Gebäck namens Rosinenschnecke und lässt
sich dazu einen geräumigen Becher mit Milchkaffee befül-
len. Beides übertrifft seine Erwartungen.

Er schaut zur Seite, wo zwei alte Frauen mit der Tasse
in der Hand angeregt plaudern. Draußen vor der Glasfront
prüft ein Mann mit einem uralten Campingbeutel, aus
dem eine französische Gratiszeitung ragt, den Inhalt seines
Portemonnaies, dann tritt er den Stummel seiner Selbstgedrehten aus: »Einen Espresso, extra stark.« Aber die Bedienung belehrt ihn, ein Espresso sei ein Espresso. Sie
könne ihm gerne einen doppelten machen. Er winkt ab.

Walter Tomm denkt, dass der Mann mit dem zerknitterten Gesicht einen Kaffee bestimmt brauchen kann. Die beiden alten Frauen frühstücken Sahnetorte, und Walter fühlt sich gestärkter als irgendwann in den letzten Tagen. Bis ihm etwas einfällt: Trixi hat über ihn gelacht, das ist neu. Nicht über etwas, das er gesagt hat, über keine Ungeschicklichkeit oder irgendetwas Dummes, das ihm unterlaufen ist. Sein Körper, der sich unter der Bettdecke abzeichnete, die Züge seines Gesichts mit geschlossenen Augen haben sie um die Fassung gebracht. So laut musste sie lachen bei diesem Anblick, dass sie ihn aus dem Schlaf geholt hat. Er hat sie nicht wissen lassen, dass er bereits wach war, als sie so beschwingt von ihrem Abend mit Pavol Schuster heimgekommen ist. Spät. Zerschlagen hat er dagelegen. Nach einem unerfreulichen Firmenabend ausgepumpt bis zur Schlaflosigkeit. Was glaubt sie, wer er ist – ein Clown? Walter trinkt den Kaffee aus und geht aus dem Laden zurück auf die Straße, wo der Nebel sich gerade auflöst.

Der Morgen hat ihm vorgaukeln wollen, es könne vielleicht nicht alles ganz so missraten sein, wie es natürlich doch der Fall ist. Trixi findet ihn zum Lachen. Nachdem sich der Dunst aufgelöst hat, der alle Konturen abmildert und Wesentliches von dem Debakel namens Realität verschluckt, sieht er wieder ganz ungeschönt des Lebens Dreckbrühe um sich herumschwappen. Den Leuten scheint es darin zu gefallen, sie lassen sich gerne mitziehen, und bleibt einer zwischendurch einmal stehen, weil ihm in der Kloake ein Bekannter entgegengeschwommen kommt, dann drehen beide sich wie Hölzchen am Bachrand kurz umeinander im Kreis, bevor die Strömung sie trennt und weiterreißt. Weiter wohin? Ins Büro gehen und zusehen, wie die Welt einstürzt? Warum nicht einfach stehenbleiben und vor sich hin blicken. Dorthin am besten, wo nichts ist. Wie ein Vagant, der keinen will und den keiner braucht, wie ein lächerlicher dummer August. Er gehört doch überhaupt nicht dazu, nicht ins Publikum, das eine Karte kauft und dann brav durchs Spiegelkabinett trottet, weil es einfach nicht begreifen will, dass alles eine einzige Täuschung ist. Er steht doch auf der ganz anderen Seite. Er baut die Spiegel ja eigenhändig auf, aus denen die gesammelte Lachhaftigkeit einen angrinst: der ganze Quatsch wie Vernunft, Kraft, Tempo, Leben.

Walter Tomm fühlt sich, als stände er auf Millimeterpapier, mitten in einem aufgeschlagenen Geometrieheft. Die zahllosen winzigen Kästchen unterscheiden sich nicht besonders, das bekommt man schnell raus, wenn man einige besucht hat. Statt in den Bildschirm seines Computers zu starren, kann er auch jedes einzelne Kästchen auf dem karierten Papier mit feinen Ornamenten füllen. Oder das ganze Heft mit dem allerhärtesten Bleistift in lebenslanger Arbeit pechschwarz einfärben und zum Verschwinden bringen. Dann hat Trixi noch mehr zu lachen.

In der Agentur glühen sicher gerade die Rechnerkabel auf den Schreibtischen – und Sandra reißt die Augen auf, weil Mirko herumschreit, nachdem sie ihm verraten hat, dass schon wieder ein paar der Rechnungen, mit denen sie ihren Klienten ohnehin reichlich Zeit lassen, weit über jedes vertretbare Datum hinaus offengeblieben sind. Was, wenn er dort einfach nicht mehr auftaucht? Er ist dann bald erledigt. Ein armer Mann. Hat seine Frau das überhaupt schon begriffen?

Trixi Ghedina vergräbt die Hände in den Manteltaschen. Sie ist noch müde, und sie friert. Die Nächte werden inzwischen ziemlich kalt. Trotzdem hat sie keinen Schal dabei, sondern nur eine Zigarette zwischen den Lippen. Kaum vorstellbar, dass sie vor gar nicht langer Zeit noch bis spät in den Abend draußen gesessen haben. Irgendwann ist es mit den schönen, warmen Tagen schlagartig vorbei. Sie hat es eilig, ein Banktermin steht an. Beim Kaufhaus entschließt sie sich trotzdem, schnell einen Schal zu kaufen. Als sie wieder draußen ist, während sie ihre Packung *Clea* aus der Handtasche kramt, kommt vor den Glastüren ein hochgewachsener Junge mit grasgrünen Haaren und einigen Sicherheitsnadeln im Gesicht auf sie zu und fragt, ob da vielleicht eine Kippe für ihn übrig sei. Seine wasserblauen Kinderaugen sehen zu, wie Trixi eine Zigarette aus der Packung schlägt. Sie gibt ihm Feuer. Ein tiefer Zug, »guter Stoff«, er wendet sich ab und federt fort.

Sex und Geometrie

»Dein Wagen steht gleich unten vor der Tür«, Cora Hagen legt die Schlüssel auf den Schreibtisch. Fragend sieht Walter sie an.

»Neue Scheibe drin, alles wieder gerichtet, wie ladenneu. Der geht ja ab wie eine Rakete. Da duftet das Leder ... Nicht schlecht.«

Als Cora die Tür hinter sich geschlossen hat, überlegt Walter kurz, Trixi anzurufen, um zu hören, ob sie inzwischen auf ist oder vielleicht bis zum Abend liegen bleibt, weil sie einfach einen viel zu dicken Kopf hat – hinter ihr steht ja keine Firma, die Anwesenheit am Arbeitsplatz verlangt. Ein wichtiger kleiner Unterschied zwischen ihnen, den Trixi für seinen Geschmack zu oft vergisst. Aber er legt das Telefon zurück: Noch ist ihm zu lebendig, wie sie ihn in ihrer Berauschtheit als Witzfigur wahrgenommen hat. Da kommt Zabel hereingestürmt.

»Hier«, sagt er, ohne dass klar wird, was er meint, »hast du das gesehen?«

Schulterzucken. »Was?«

»Dieser Norweger von der Airline hat uns den Auftrag einfach schon erteilt. Statt abzuwarten, was wir ihm vorschlagen, schreibt er. Honorar und Spesen reichlich, und er erwartet dafür in sechs Wochen ein aussagekräftiges, detailliertes Konzept. Kannst du dir so was vorstellen?«

Tomm sieht seinen Chef irritiert an. »Sei doch froh, Mirko – was willst du denn mehr?«

»Umgangsformen, mein Lieber. Einvernehmlich festgelegte Konditionen. Der hat anzuklopfen und zu warten, bis ich ihn hereinbitte und ihm erkläre, wie wir die Sache angehen wollen. Sein Auftrag ist vergiftet, kommt zu früh, ist zu pauschal, er stinkt mir – verstehst du?«

»Es ist dein Laden.« Walter fällt nichts mehr ein. Er gibt sein Letztes, um die Firma durch diese kritische Zeit zu bringen, und hier beschwert sich sein Boss über die Zumutung, den fetten Fisch, der schon an seinem Haken hängt, am Ende auch noch aus dem Wasser ziehen zu müssen.

»Du sagst es, und da lasse ich mir von niemandem hereinpfuschen, von der Kundschaft schon gar nicht. Ich entscheide, wie wir was bearbeiten – wann und ob überhaupt. Und formuliere auch unsere Honorarforderung. Der aufgeblasene Kerl glaubt, wir wüssten seinem pompösen Scheck nicht zu widerstehen. Aber zu dem Zeitpunkt, den er uns diktieren will, können und werden wir keine Kampagne ausgearbeitet haben. Lass dir von Sandra die Unterlagen geben, wir sprechen später noch einmal in größerer Runde darüber.«

Mit zwei Aspirin im Bauch und dem neuen Schal um den Hals steht Trixi in der Bank, wo sie der leise Duft umfängt, den Spezialisten für solche Aufgaben einheitlich über alle Filialen verteilen. Das vorbereitete Formular für den Kreditantrag reicht sie einem jungen Mann mit glänzenden Haaren, der den Schlips wie ein Soldat zwischen dem zweiten und dem dritten Knopf im Oberhemd verschwinden lässt. Es geht ihr um die finanzielle Überbrückung der Zeit, bis ein Sender gefunden ist, der den Film in Auftrag gibt. Sie legt großen Wert darauf, in diesem Zusammenhang unabhängig von Walters Geschäften zu bleiben. Der Mann ihr gegenüber, der sich als »Ihr persönlicher Kundenberater« vorgestellt hat, sieht sich durch seine seidigen Wimpern den ausgefüllten Bogen an. Inzwischen sei das alles nicht mehr so einfach, murmelt er bei der Lektüre. Dann richten sich seine Augen auf Trixi. Einer Kundin wie ihr brauche er ja eigentlich gar nicht viel zu erklären, lächelt er, sie wisse doch alleine, was los sei in der Welt.

Und dann buchstabiert er es ihr trotzdem vor: »Wir stecken mitten in der schlimmsten ökonomischen Krise seit Kriegsende. Somit liegt es im Interesse aller unserer Kunden – und, zu Ende gedacht, damit auch in ihrem eigenen –, wenn unser Institut sich Kreditanfragen wie dieser verschließt. In der gegenwärtigen Neukonsolidierungsphase wahrt unser Haus strikte Risikovermeidungsdisziplin. Ein Drehbuch?« Seine Züge suchen die Befriedigung zu verbergen, diese Frau hier vor ihm auflaufen zu lassen. Er klopft die ausgefüllten Formularbögen zusammen.

Trixi sieht zu, dass sie an die frische Luft kommt.

»Was hast du denn erwartet?«, sagt einige Zeit und eine Bahnfahrt später Bruno Gerber mit leiser, brüchiger Stimme. Sein Blick geht zum Fenster und scheint dort nach der Quelle zu suchen, aus der sich die Schwärze über sein Leben ergießt. »Banken tun, als gäben sie, wo sie nehmen. Sie hassen Leute wie dich.« Auf seinem Tisch ist das übliche Durcheinander ausgebreitet, und mittendrin biegen sich Tulpenstengel aus dem Vasenrand zur Achterbahn. Außer Bruno kennt sie keinen Mann, der darauf Wert legt, auf dem Schreibtisch immer einen Blumenstrauß zu haben. Gerber greift nach ihrer schlechten Nachricht wie nach frischem Baumaterial für seine eigene Depression.

Und Trixi registriert nicht zum ersten Mal, dass sie selber einen Tiefschlag abbekommen hat, aber dann, statt ihn zu verdauen, zuerst die Stimmungslage anderer aufbessert: »Als Kind wollte ich Tierpflegerin beim Zirkus werden, nachdem ich mich in einen siebenjährigen Jungen mit einem Seppelhut auf dem Kopf verliebt hatte, der eine Ziege durch die Manege führte, die sich weigerte, auch nur das geringste Kunststück zu zeigen.«

Bruno hat draußen nichts entdeckt, was ihm weiterhilft.

»Eine Existenz im Wohnwagen, statt sich für Filme abzurackern, die keiner in Auftrag geben will«, fährt sie fort. »Lindners Onkel hat übrigens so ähnlich gelebt. Er trat im Varieté auf, wusstest du das?«

»Ach«, haucht Gerber. »Na, so was.«

Eine Assistentin kommt herein und serviert wortlos grünen Tee. Bruno sieht auf. »Woher sollte ich irgendetwas von alledem wissen? Und wozu? Nichts, ich weiß gar nichts über diesen Lindner, verstehst du?« Er betont das so, als handele es sich bei diesem Tatbestand um eine zu Stolz berechtigende Leistung. »Bloß das bisschen, das in deinem Exposé steht, oder was du mir über ihn erzählt hast. Ein paar Bilder von früher – hingen nicht sogar welche hier im Museum?«

»Lass uns den Film machen, Bruno, dann tauchen sie wieder auf. Es sind Bühnen. Magische Szenen der Begierde, in denen Leben und Traum verfließen. Die Korsetts, die Lindners Mutter herstellte, haben anscheinend was ausgelöst bei ihrem Sohn. Ich möchte wissen, was. Sex und pure Geometrie. Nichts davon brauchst du zu wissen.«

Bruno verdreht die Augen und will gerade aufstöhnen. Aber Trixi macht einfach weiter: »Dieser Stoff gibt an jeder Stelle etwas her. Die warme Aura dieses unglaublichen bildnerischen Werks. Seine Lebensgeschichte im Deutschland von Dix und Tucholsky auf der einen Seite und von Hitler und Streicher auf der anderen. Einige Jahre in Paris, schließlich in New York.«

»Und was hat Lindner in Deutschland gemacht, bevor er floh?« Bruno bleibt lustlos.

»Er war Buchgestalter – etwa die Memoiren des Clowns Grock –, außerdem Zeichner für mehrere Zeitungen. Nebenbei allerdings hat er sich mit der Avantgardekunst seiner Zeit auseinandergesetzt, ohne selber Künstler zu sein, damals noch nicht … Duchamp zum Beispiel hat ihn sehr interessiert – später in Paris waren sie befreundet, und in New York taucht er sogar auf einem Bild Lindners auf. Wie er in München lebte, fragst du: Sein Stammlokal Anfang der dreißiger Jahre war ein kleines Café, in dem die Leute vom *Simplicissimus* verkehrten, mit denen er befreundet war – und wo auch Hitler hofhielt. Einmal kippte Lindners Bruder ohnmächtig vom Stuhl, da sprang der zukünftige *Führer* auf, der ganz schwarz gekleidet in Reitstiefeln und mit der Peitsche in der Hand ein paar Tische weiter saß, und half dem einen Lindner, den anderen ins Freie zu tragen.«

Eine der exzentrisch verbogenen Tulpen lässt in dieser Sekunde die Hälfte ihrer Blütenblätter auf den Tisch regnen. »Als ob man an einer Strippe gezogen hätte, wie bei einem Hampelmann, hast du das gesehen?« Gerber nimmt den Strauß und steckt ihn in den Papierkorb.

Trixi trinkt an ihrem Tee. »Was hat er gemacht? Lindner ging viel ins Kino – oft mehrfach am Tag«, sagt sie. »Ende Januar 1933 kam er nachmittags wieder aus einer Vorstellung und sah auf der Straße die SA im Siegesrausch. Auf der Stelle war ihm klar, dass er keine Zeit zu verlieren hatte, ging gar nicht mehr nach Hause und nahm am selben Abend den Zug nach Paris. Seine Frau folgte ihm kurz darauf.«

»Paris war ja auch nicht sicher.«

»Die Franzosen haben die beiden als ›feindliche Ausländer‹ interniert, als die Deutschen einmarschierten. Nach einigen Wochen kamen sie frei und schafften es nach New York. Und da ist er dann – mit fünfzig Jahren – der Maler geworden, um den es in unserem Film gehen wird.«

Bruno Gerber schlägt mit der flachen Hand auf den Tisch und sieht sie an.

Am nächsten Vormittag steht im Hof wieder Kupkas Lieferwagen herum, lautlos, die Türen sind geschlossen und keiner der jungen Parkettleger sitzt darin. Oben bei ihr türmen sich Stapel von unterschiedlich dicht beschriebenen, teils auch mit skizzenhaften Zeichnungen bedeckten Papierbögen. Außerdem versammelt Trixi immer mehr Fotos und Reproduktionen um sich – eine Art Archiv oder ein bunter optischer Essay, der den Gedankengang hinter ihrem Film veranschaulicht. Gegen Mittag bekommt sie Hunger. Wie ihr Gespräch in der Bank verlaufen ist, hat sie Walter noch gar nicht erzählt. Manches kommt zwischen ihnen kaum noch zur Sprache – die Gelegenheiten bleiben aus, weil es an der Zeit dafür fehlt, oder einfach die Luft zwischen ihnen dünn geworden ist. Sie hat die Idee, Walter zum Lunch einzuladen. Zusammen eine Kleinigkeit essen und Atem holen, so stellt sie es sich vor. Sie müssen irgendetwas unternehmen. Sie sind doch ein Liebespaar. Hoffentlich sind sie ein Liebespaar.

Sie greift zum Telefon, um ihn anzurufen. Direkt, nicht über die Büroleitung, es ist ihr verhasst, sich von der Sekretärin verbinden zu lassen. Während sie wartet, streicht ihr Blick über die Wand mit den Bildern. Ein Foto zeigt Lindner mit Ende sechzig – riesige Augen, zugleich müde und sehr wach. Nichts von der ältlichen Gesetztheit strahlt er aus, die manche Menschen in seinen Jahren entstellt. Über einem dünnen Kaschmirpullover trägt er eine offene Jeansjacke mit aufgestelltem Kragen, und was noch an Haaren aus den Seiten seines Kopfs sprießt, kringelt sich weiß um die Ohren herum. Wieso geht für sie so viel Ermutigendes von diesem Gesicht aus?

Sie lässt das Telefon noch einige Male klingeln, und als sie schon nicht mehr damit rechnet, hört sie Walters Stimme, die matt klingt.

Er sagt, er würde sich gerne zum Mittagessen treffen, es sei eine gute Idee, leider aber ausgeschlossen. Walter lehnt ihr überraschendes Angebot ab. Es ist ihm egal, dass sie über ihren Schatten gesprungen ist. Die Hölle sei los, zwei Kampagnen überfällig, Zabel und er uneins, welche Vorrang habe, und so weiter. Unmöglich für ihn, das Büro auch nur für eine Viertelstunde zu verlassen. Merkwürdig gedämpft hört sich seine Stimme an, fast gequält, so als stopfe irgendetwas ihm die Kehle zu. Die Worte, mit denen er sich von Trixi verabschiedet, gehen in einem gewaltigen Räuspern unter. Der Hof unter ihrem Fenster liegt jetzt ganz leer da. Mittagsruhe. Kupkas Handwerker sind unterwegs, und der Meister selbst lässt sich vermutlich gerade die doppelte Portion schmecken, die seine Frau ihm auf den Teller geschichtet hat.

Sie bedauert längst, ihn überhaupt angerufen zu haben.

Misstrauen

Walter wendet sich wieder seinem Computer zu. Unerklärlich, wie es dazu kommt, dass ihm seit einiger Zeit immer abstoßendere E-Mails zugeschickt werden, Reklame für Clownsbedarf – Gummiglatzen, riesige Schuhe, rote Pappnasen. Seit eh und je verabscheut er alles, was auch nur entfernt nach Rummelplatz, Zirkus oder Varieté riecht. Die Behauptung, die ganze Menschheit teile die sentimentale Vorliebe der Feld-, Wald- und Wiesenseelen für die traurigen Existenzen im grünen Wagen, gehört ins Reich der Legende. Der Duft nach Sägespänen und halb verwahrlosten Tieren ist das direkteste Mittel, ihn in Melancholie zu versenken. Schon wieder klingelt das kleine Telefon, anscheinend hat unterdessen seine Privatnummer die Runde gemacht, denn es meldet sich das *Zirkusmuseum* mit der Frage, ob er dem Verein der Freunde und Förderer auch im folgenden Jahr treu zu bleiben gedenke. Es gibt nicht einen einzigen Verein, dem er angehörte, und für diesen interessiert er sich ganz besonders nicht. Als er ihr das sagt, antwortet die Frau am anderen Apparat, das sei aber bedauerlich, so als hätte sie gar nicht verstanden, was er ihr gerade erklärt hat – unter anderem dass er keineswegs der ist, für den sie ihn hält.

Angefangen hat es damit, dass er unbedingt dem Drängen dieses Mathematikprofessors nachgeben musste. Hätte er doch wenigstens den Brief, mit dem man ihn übertölpelte, nicht fortgeworfen. Trixi glaubt ihm einfach nicht. Sie misstraut ihm. Das ist neu zwischen ihnen beiden, aber so verhält es sich, er spürt das, auch wenn über diese belanglose Sache selbst unterdessen Gras gewachsen ist. Vorhin, mit ihrem Anruf, hat sie ihn auf dem falschen Fuß erwischt. Er sitzt hier nicht locker und fidel herum, sondern trägt Verantwortung auf den Schultern. Es geht über seine Kraft, auf Kommando und in dieser Geschwindigkeit ins Privatleben umzuschalten. Noch nie hat er seinen Beruf und Trixi miteinander verquirlt. Wenn er nicht die Gelegenheit erhält, sich vorzubereiten, den Büroärger abzuschütteln, ehe er ihr gegenübertritt, gerät alles heillos durcheinander.

Er hat Trixi nicht gleich ins Bild gesetzt, als sie ihn überraschend im Mathematischen Institut anrief – das bestreitet er ja gar nicht. Überflüssigerweise hat er ihr etwas vorgemacht, um zu verbergen, was überhaupt nicht verborgen zu werden brauchte. Was aber ist der Grund? Trixis tief verwurzeltes Misstrauen. Damit schafft sie es, die Schimäre einer Unsicherheit zu etablieren, wo sie eigentlich gar nicht vorhanden ist. Sie weiß, wie leicht er aus dem Gleichgewicht zu bringen ist. Trixi kann eine glatte Unverbindlichkeit ausstrahlen, die ihn als sentimentalen Idioten dastehen lässt. Zweifel an ihrer Selbstgewissheit lässt sie nicht zu, ist aber überzeugt, ihn bis auf den Grund zu durchschauen. Unter ihrem argwöhnischen – oder manchmal einfach auch nur ängstlichen – Blick allerdings ändert sich die Wirklichkeit. Die büßt dann im Handumdrehen jede innere Logik ein. Und plötzlich ist überhaupt nichts mehr unmöglich, nur weil es eigentlich nicht möglich ist.

Lemminge

Bei der *Bürgerrechtsbewegung* sind sie begeistert von den ersten Entwürfen der Imagekampagne. Zunächst geht es Walter darum, das Vertrauen dieser Auftraggeber zu gewinnen. Was dann weiter mit ihnen geschieht, bekommen sie gar nicht mit – oder erst, wenn es zu spät ist. Er hat es vorgezogen, Trixi gegenüber diese Sache nicht zu erwähnen, ihr fehlt der Sinn für ein doppelbödiges Spiel, wie es ihm vorschwebt. Schon das, was die Agentur sonst tut, nennt sie manipulativ, wenn sie schlecht gelaunt ist. Dass auch sie selbst mit ihren Filmen Denken und Gefühle der Zuschauer beeinflusst (eben dies auch ansteuert), kann sie kaum bestreiten. Bloß weil er sich dabei anderer Mittel bedient als sie, ist ihr nicht erlaubt, ihm mit Hochmut zu begegnen. Und ebenso wenig, weil er damit Geld macht, statt zuzubuttern. Aber sie glaubt, dass es eine obere Etage und einen Keller gibt, und sein Platz ist unten bei den Kohlen.

Walter respektiert übrigens den Freiraum, den sie natürlich benötigt, um neue Ideen zu entwickeln, verlangt auch nicht in jedem Augenblick Auskunft über alles, was dabei in ihr vorgeht. Weil er ihr vertraut. Aber das ist ja kein Naturgesetz. Er kann sie demnächst auch einmal überraschen, ausquetschen und in Verlegenheit bringen. Auch er kann Lappalien zum monströsen Folterwerkzeug umschmieden. Aber was für ein Auftrag: Er fühlt sich nicht überfordert, sondern stimuliert davon, dass in der Wirklichkeit nicht alles immer sauber sortiert ist. Widersprüche, manchmal furchtbare Widersprüche – opulente Henkersmahlzeiten etwa, Nagetiere, die massenhaft vom Klippenrand ins Nichts springen, Sympathiegefühle der Opfer für ihre Geiselnehmer –, können einen irritieren, ja verstören, aber ihre Wahrheit gibt dem, der sie aushält, das Gefühl, am Leben zu sein. Gewissheit gibt es dann nicht, man kann sich nur um Wahrscheinlichkeit bemühen. Eine hauchdünne Membran bloß trennt das Leben vom Chaos, dem in sinnloser Zerstörungswut schäumenden, finster schwappenden endlosen Meer drumherum, und wo soll er da die absolute Sicherheit verankern, nach der es Trixi verlangt?

✉ »Auch Sie, Herr Walter Tomm, müssen die günstigen Großhandelspreise unseres beispiellos reichhaltigen Sortiments an hochwertigem Narrenbedarf kennen, mit dem wir uns ausschließlich an professionelle Künstler wie Sie richten.«

Er löscht die Nachricht, schaltet den Computer aus, reibt sich die Augen, greift nach dem Tweedjackett und geht auf die Straße. In tiefen Zügen nimmt er die kalte Luft zu sich wie ein köstliches Getränk. Die Japaner, hat Trixis durstiger Kameramann Pavol Schuster jüngst bei der Übergabe eines neuen Großkontingents Zigaretten, die er ihr aus Bratislava mitgebracht hatte, mit Kennermiene ausgeführt, die Japaner sagen trinken für rauchen: Den Rauch trinken. Trixi gefällt das eine wie das andere, und was davon wie heißt, ist ihr wahrscheinlich nicht so wichtig.

Im Eingang zu einer graustéinernen Passage steht ein junger Mann und schlägt auf die Seiten seiner Gitarre ein.

Dass er dazu singt, ist mehr zu sehen als zu hören. Vielleicht greifen Weißclowns die Lebensfreude noch stärker an, wenn man das Pech hat, einem zu begegnen, aber dazu muss man in den Zirkus. Hinter den Fenstern im ersten Stock eines Geschäftshauses aus Sandstein und Glas kämpfen buntgekleidete Sportler verbissen gegen allerlei monströse Maschinen. Der Kontrast zwischen ihrer fröhlichen Aufmachung und der verzweifelten Sturheit ihrer Bewegungen muntert Walter für einen Moment auf. Er nähert sich den Fenstern von *Zigarren Rudolph*. Selten kann er vorbeigehen, ohne wenigstens einen Blick hineinzuwerfen, auch wenn er im Gegensatz zu Mirko gar keine Verwendung für all die verschiedenen Tabakwaren hat, die dort ausgebreitet sind. Einige Schritte um die Ecke, im anderen Ausstellungsfenster, liegen Pfeifen aus Holz oder aus Meerschaum. Von alledem geht eine unaufgeregte Freundlichkeit aus, selbst wenn sich Walter aus seiner Studienzeit daran erinnert, dass gerade Pfeifenrauch nichts von der gemütlichen Weichheit aufweist, die man sich vorstellt, wenn man nur seinen Duft schnuppert. In Wahrheit verwandelt er den Mund schnellstens in eine glühende Höhle. Trotzdem versenkt Walter sich nur zu gerne in all das Zeug da, das er so gar nicht brauchen kann. Zweckfreiheit strahlt etwas Verlässliches aus. Es ist ja wohl ein einigermaßen harmloses Vergnügen, sich als Nichtraucher Zigarren anzusehen, niemand kann dagegen Einwände erheben.

Trixi will eben noch ein Paket zur Post bringen und dann irgendwo rasch etwas essen; viel nimmt sie mittags nie zu sich, das macht nur müde. Erst wollte sie in ein Delikatessengeschäft gehen, wo einige Tische bereitstehen, an denen geschäftige Leute rasch und ohne viel Trara eine

Quiche oder etwas Aal mit einem Glas Wein oder Wasser verzehren können, dann aber zieht sie doch vor, sich ins Café zu setzen, für ein Stück Kuchen und Assam-Tee. Sie wundert sich nicht schlecht, vor *Zigarren Rudolph* den Rücken ihres Mannes zu sehen, der doch gerade erst abgelehnt hat, sie zu treffen, weil die angespannte Lage im Büro verbiete, dass er seinen Platz auch nur für wenige Minuten verlässt. Das andere Fenster wird von einer Frau inspiziert, die Trixi noch nie gesehen hat. Die beiden stehen offenbar zusammen dort.

Ohne sich bemerkbar zu machen, geht sie weiter.

Schach

Der Besucher

René Schach hat Hunger. Nach der unbequemen Übernachtung zwischen Gestrandeten aller Couleur ist er den ganzen Vormittag über durch die Stadt gezogen, und jetzt meldet sich neben dem leeren Magen auch die Müdigkeit. Gleich will er sich irgendein Lokal aussuchen. Nur erst noch einen Augenblick sitzen, bevor er wieder loszieht – am besten auf der Bank dort unter den Kastanien. Seine Augen tun sich schwer mit dem blendenden Licht, die Sonne ist hervorgekommen und hat den stumpfgrauen Herbstmorgen in ein grelles Farbspektakel aus welkenden Baumkronen verwandelt, das den Indianern am Approuague bestimmt auch nicht schlechter gefallen würde als Cayenneschoten und Papageienschwänze. An seinem Problem ändert das nichts: Das Konto ist leergeräumt, jetzt hat er dringend für Nachschub zu sorgen. In der Hand hält er eine abgeschabte Visitenkarte, *Dipl.-Ing. Walter Tomm* steht darauf. Tomms einstiger Arbeitgeber in München hat ihm verraten, wo er jetzt zu finden sei. Den Rest hat Schach durchgestrichen und selbst die neue Adresse unter den Namen auf das kleine Stück Karton gekritzelt, das so krumm ist wie sein durchgesessenes Portemonnaie. Reduktion auf den Kern – so etwas bringt einem die Legion bei. Worauf es ankommt, das trägt er am Leib, etwa den ebenfalls verbogenen französischen Personalausweis. Auf ihm steht sein Nom de Guerre. Als er in die Legion eintrat, wurde er gefragt, wie er sich zu nennen vorhabe, wenn er nicht länger Armin Emser heißen wolle. René Schach – dabei bleibt es jetzt.

Er war als Ausbilder in Guayana. Nicht einmal nachts kühlte die Luft ab, der heiße Brodem machte träge. Mehr war gar nicht nötig, die Tropenluft ließ einfach alles verfaulen und dabei müde der eigenen Auflösung folgen. Darum musste man die Leute doppelt hart anfassen. Die Neuen ließ er gleich einmal schwer bepackt mit der Machete das wild wuchernde Gehölz abhacken – so lange, bis sie selbst umfielen. Nach einigen Wochen war aus den jungen Legionären alles Weiche herausgedrückt wie aus zerknautschten Zahnpastatuben. Der Kahlschädel, den einem die Legion verpasst, heißt *Boule à zéro*. Gelegentlich flog zwar ein Lächeln über seine Züge, wenn er unvorbereitet auf sein martialisches Spiegelbild stieß. Aber das dauerte stets nur einen Augenblick. Dann war er wieder eins mit sich selber.

Einige der Firmen, die an der Entwicklung der *Ariane*-Raketen beteiligt sind, schicken besonders verdiente Mitarbeiter zum Start über den Atlantik zum Weltraumbahnhof von Kourou, den sie bewachten. Schach erinnert sich noch, wie Tomm aus dem Fenster des Casinos gestarrt und dabei lauter befremdliches Zeug geredet hat: »Jetzt schauen Sie sich bloß mal diese Gitter an, haben Sie als Junge nicht auch an dem Zeug aus einem Metallbaukasten herumgeschraubt?«

Wieso einer weiblichen Rakete solch ein Skrotum am Schaft hängt, fragte er Tomm.

»Sind Sie noch bei Trost, Mann?«, tat der empört. »Diese Booster sind mit mehr als 600 000 Kilo Treibstoff befüllt! Ich frage Sie: 600 000!! Wo soll sie die denn sonst lassen?«

Dieser Mensch da ihm gegenüber wusste gar nichts, war ihm klargeworden, jedenfalls nichts über sich selber. Und die *Ariane 501* explodierte gleich nach dem Start. Ein paar Tage darauf war seine Dienstzeit vorbei und er mit dem ersten Flug zurück nach Paris. Anfangs ist es ihm in Frankreich blendend gegangen, solange genug vom zurückgelegten Sold da war. Aber jetzt muss etwas geschehen.

Ob Tomm sich an ihn erinnert? Warum denn nicht? Seine Reise damals wird er kaum vergessen haben – und wahrscheinlich auch nicht den Legionär, mit dem er bei dieser Gelegenheit die Bar geleert hat. Wenn es auch schon ein paar Jahre her ist. Dreizehn, gesteht Schach sich ein, der es mit der Genauigkeit hält. Saubere Linien, bei ihm wird nicht radiert! Dieser Herr Tomm wird Augen machen. Aber er muss sich ja etwas dabei gedacht haben, wenn er ihm seine Karte gegeben hat für die Zeit nach der Legion: Kommen Sie mal vorbei! Und jetzt ist es eben soweit. Ein paar Jahre mehr sind darüber ins Land gegangen, aber was macht das? Irgendwann ist für alles der rechte Zeitpunkt, ob es so unwahrscheinlich ist wie das Glück oder so sicher wie der Tod. Tomm ist nun in leitender Funktion tätig, hat man ihm verraten. Umso besser, denn das bedeutet, er stellt entweder selbst Leute ein oder hat doch wenigstens Einfluss auf die Entscheidungen in seinem Laden – und kennt im Übrigen genügend andere Firmen, die ebenfalls Mitarbeiter brauchen. Sogar jetzt, in der Krise, von der die Zeitungen voll sind und über die in allen Bars diskutiert wird, weil jeder seine Theorie dazu hat, wie sie aussieht, denn kaum einem ist sie bislang wirklich begegnet. Schach schon. Er steht auf vertrautem Fuß mit der Krise, aber schon immer und nicht erst seit gestern.

Donnerstag. Sonne. Ein leichter Wind spielt mit den

abgefallenen Blättern auf dem Rasen. Das Schwierigste ist immer, überhaupt hineinzukommen – vorbei am Abwimmler. Vorgelassen zu werden bei dem, der was zu sagen hat: Hier ist der Exlegionär, mit dem Ihr Boss Bier gesoffen hat, bevor seine Rakete explodiert ist – so braucht er es nicht erst zu versuchen. Wie aber kann er verhindern, gleich abgewiesen zu werden, noch bevor er seine Botschaft an den Mann gebracht hat – an den, der ihm bekannt ist und der ihm seine Karte gegeben hat? Schach ist davon überzeugt, dass er auf die eine oder andere Weise für fast jede Firma ein Gewinn sein kann, das liegt doch auf der Hand, egal, wo sie ihr Aktionsfeld gefunden hat. Wenn man ihn nur lässt. Er ist Praktiker. Ihn hemmt nichts, die Probleme richtig anzufassen. Wer kann noch beherzt zupacken? Die meisten sind inzwischen Theoretiker. Doch wie soll er geschniegelten Werbeleuten klarmachen, dass sie nicht nur auf ihresgleichen setzen dürfen im Kampf um die Wurst? Dschungelkampfausbildung, erstklassige Französischkenntnisse, diverse militärische Auszeichnungen, alle erdenklichen Führerscheine und ein Diplom aus Leipzig als Gebrauchsgrafiker. Das sind Qualifikationen, die eigentlich niemand ignorieren kann, wieso sollte es dann ausgerechnet ein Herr Tomm versuchen? Nur gilt es, erst einmal an ihn heranzukommen. Man gelangt so furchtbar schlecht hin zu jenen, die begreifen können, was einer zu bieten hat. Und darum ist es ihm bislang nicht gelungen, eine der Chancen, die er sich für seinen Neustart in Deutschland zurechtgelegt hat, zu nutzen. Aber diesmal darf er es nicht verpatzen, weil in seinem Portemonnaie kaum noch Euroscheine, aber eben auch keine weiteren Visitenkarten stecken.

Sein leerer Magen bringt sich in Erinnerung. Seit dem Frühstück hat Schach nichts mehr zu sich genommen, und gewohnheitsmäßig begnügt er sich morgens mit einer Tasse Espresso und einem Croissant, aus Kostengründen verzehrt in einem Stehausschank. Jetzt allerdings muss langsam doch etwas gegessen werden. Er setzt sich in Bewegung. Von den Lokalen, an denen er vorüberkommt, wirbt keines überzeugend dafür, dort die letzten Reste seines schwer verdienten Solds zu lassen. Nach einiger Zeit steuert er die nächstbeste Konditorei an, setzt sich an eine der lächerlichen Tischminiaturen, bestellt einen Kakao und wackelt bei jedem Bissen Kuchen mit seinem Stühlchen hin und her. Er ist froh, noch einen Platz gefunden zu haben. Um diese Zeit machen hier anscheinend viele Berufstätige Mittagspause. Keine schlechte Empfehlung. Alltäglichkeit besitzt noch immer das beste Fluidum. Er versucht sich vorzustellen, wie die Geschäfte aussehen, zu denen sie nach der Pause zurückkehren. Vielleicht ist er bald einer von ihnen, ein Kollege sozusagen, der es ebenfalls eilig hat, wieder an die Arbeit zu gehen. Noch ist die Hetze nicht sein Hauptproblem. Eine Frau mit rundem, verschlossenem Gesicht sitzt alleine an ihrem Tisch, besonders deutsch sieht sie nicht aus. Irgendwo ist sie ihm schon einmal begegnet. Er kennt solche Frauen von seinen Fahrten für den Farbenhändler, bei dem er in Paris gearbeitet hat. Vielleicht ist sie ja Französin – eine eingebildete Dozentin aus Montpellier, die in der Freizeit malt, schätzt er. Oder vielleicht erinnert sie ihn an Frauen aus Polen und der Tschechoslowakei, die ihm in der DDR über den Weg gelaufen sind. Sie strahlt jedenfalls etwas Blasiertes aus, findet er, sogar in der Weise, wie sie dort sitzt. Auch wenn es hier drinnen ziemlich stickig ist, weil die Sonne durch die großen Fenster hereinscheint, behält sie ihren Schal um den Hals, liest die ganze Zeit in einem Buch und nimmt, ohne auf das zu achten, was sie umgibt, hin und wieder eine Gabel von dem Tortenstück auf ihrem Teller.

Was will dieser Mann dort, wieso starrt er immer wieder zu ihr herüber? Er scheint zu glauben, sie bemerke es nicht. Hat sie sein Gesicht nicht schon einmal gesehen? Jetzt sind sich ihre Blicke begegnet – er hat schnell fortgeschaut und so getan, als sei er in Gedanken. Sein leuchtend gelber Schnurrbart hat einen braunen Streifen und tanzt beim Kauen auf und ab wie ein Stück Bambus, während seine Augen sich den Anschein geben, ganz mit dem Kuchen beschäftigt zu sein. Bauarbeiter sehen manchmal so aus, mit rotgekerbter Haut, aber sitzen die mittags in der Konditorei? Trotz oder möglicherweise gerade wegen der Falten im sonnenverbrannten Gesicht fällt es Trixi schwer, sein Alter zu schätzen. Vielleicht ist er älter als es scheint und gut in Form, oder aber jünger und durch andauernde Überforderung vorzeitig gealtert. Diese Kalkulation ist alles, was sein Anblick zu bieten hat, und Trixi hofft, ungestört weiterlesen und Tee trinken zu können.

Schach bestellt einen doppelten Cognac, kaut seinen Kuchen und macht sich keine Gedanken darüber, welchen Eindruck die Leute von ihm gewinnen. Eingebildete Dozentinnen oder gezierte Kaffeehauskellnerinnen. Es ist ihm egal. Er kann nur mit sich selber dienen, und dies ist sein Fell. Die Legion hat ihm reichlich Narben verpasst, mehr noch übrigens in der Seele als im Leder. Die Welt ist schön, sinnt er trotzdem, auch wenn er dringend Geld braucht – einen winzigen Bruchteil nur der Beträge, die Tag um Tag alleine für das Polieren der schwarz glänzenden Prunkautos anfallen, in denen der Präsident und seine

Minister die Champs-Élysées rauf und runter kutschiert werden. Einmal hat Schach neben einem Chauffeur am Tresen gestanden und ein paar Gläser Calvados getrunken. Der hat ihm die Augen geöffnet, wieviel hochbezahltes Personal bloß mit Abledern beschäftigt ist. Natürlich ist auch das nicht reiner Selbstzweck, weil so etwas eine Rolle spielt, wenn es keinen Fleck auf dem Erdball gibt, dessen Pracht und Glorienschein es aufnehmen könnte mit Paris! Er darf mit Stolz von sich sagen, eine Reihe wunderbarer Jahre in dieser Metropole verbracht zu haben. Und nun öffnet er sich gerne für Neues. Das einzige, was er nicht erträgt, ist Stillstand.

Verdammt angenehm zu leben, alles andere ist Zweckpropaganda, steht für ihn fest. Sogar bei der Legion war es im Rückblick trotz allem nicht übel. Sie brachte einem vielleicht mehr bei als Oxford: Wer man ist und was man aushält nämlich. In den Köpfen der desinformierten Bevölkerung aber, gerade hier in Deutschland, halten sich traute Ammenmärchen von finsteren Kaschemmen, in denen Schlepper betrunkene Galgenvögel einsammeln, die erst viel später begreifen, wo sie die nächsten Jahre zubringen werden. Der Legionär entzündet die Zigarette, die er nach Beendigung der Mahlzeit aus dunklem Tabak gerade selbst frisch gefertigt hat, und atmet den saftigen Rauch tief ein. Gleich kommt die Servierin herbeigelaufen und erklärt ihm bestimmt, das Rauchverbot gelte auch für ihn. Er zahlt, verzichtet aber auf Trinkgeld, und verlässt den Laden. Und dann ist ihm klar, wie er es anstellen muss, nicht schon an der Pforte abgewiesen zu werden, wenn er mit seinem alten Bekannten Walter Tomm in Kontakt zu treten vorhat. Gleich morgen.

Schlangenhaut

Wann Walter dazu übergegangen ist, das austretende Blut als Klebstoff zu verwenden, um das Toilettenpapier in seinem Gesicht zu befestigen, weiß Trixi nicht mehr.

Inzwischen ist sie dahintergekommen, dass es sich nicht um eine Ungeschicklichkeit handelt, sondern um die Realisierung einer seltsamen Idee von Schönheit.

Sie hat von Gerbers Produktionsleiterin erfahren, wie verbreitet dieser Brauch ist. Monikas Freund macht nämlich dasselbe – wenn auch nicht so oft wie Walter, der sich fast jeden Tag einen Schnitt verpasst. Bemerkenswerterweise hat Walters Sekretärin sich noch nie mit einem Freund sehen lassen. Und jetzt hantiert ein Mensch, der sich schon mit einem vielfach gesicherten Patentnassrasierer regelmäßig verletzt hat, jeden Morgen an seiner Gurgel ungeschützt mit dem schärfsten aller Messer herum.

Walter bemerkt, wieviel von Trixis Gereiztheit in der Luft liegt. Sein rechter Schuh baumelt am erhobenen großen Zeh vom übergeschlagenen Bein hinab, wippend im Rhythmus des inneren Zitterns, über das Walter nicht spricht. Dinge laufen aufeinander zu, die in einer einigermaßen vernunftbestimmten Tatsachenwelt nicht einmal in großem Abstand gleichzeitig vorhanden sein dürften. Ihm ist, als hätte ein verrückter Romancier Kapitel aus mehreren Erzählungen durcheinandergeworfen und den ganzen Salat dann zwischen zwei Deckel binden lassen. Auf dem

Umschlag steht, wie das Werk heißt: *Erstes bis letztes Buch Walter*. Mit Wehmut erinnert er sich an jene surrealistische Konzeption der Vollkommenheit, die sich nach Lautréamonts Ansicht nämlich durch »das zufällige Zusammentreffen eines Regenschirms und einer Nähmaschine auf einem Seziertisch« ergibt. Sein Leben führt den Beweis, dass nicht der Zufall soeben einmal dafür sorgt, sondern es zwingend so sein muss: Regenschirm und Nähmaschine gehören unabweisbar zusammen, und zwar auf einem Seziertisch!

Trixi raucht und blickt mit der Zigarette im Mund aus dem Fenster in den Morgen. Sie bläst den Qualm in Richtung der Glasscheibe aus, die ihn daran hindert, im Nebel draußen aufzugehen. Hier drinnen tut Walter so verzweifelt, als stände alles kurz vor dem Untergang. Außerhalb der Wohnung sorgt er dann umso entschiedener für seine Unterhaltung. Vielleicht kann er sich wunderbar ausleben in seinen Kampagnen für Leberwurst und Socken. Bestimmt geht es am Konferenztisch der Werbeagenturen, die sich rund um den Globus mit Ideen bombardieren, viel gemütlicher zu, als dieser Mann am Tisch ihr gegenüber jemals zugeben würde, der jetzt sein Frühstück anstarrt wie eine Henkersmahlzeit – alles Zirkus. Er trägt bestens für sein Behagen Sorge und duldet in seinem Leben nur, was ihm gefällt, Schnittwunden inklusive.

Später zieht Trixi, in Strapsen vor dem Spiegel stehend, mit gekreuzten Armen ihren langen Hauspullover über den Kopf. Walter ist aus der Wohnung, und Bob liegt auf dem Sessel, er blinzelt hinüber, weil er ahnt, was sie vorhat, wenn sie so herumhampelt.

Sie will in der Universitätsbibliothek einige Bücher abholen, die das geistige Umfeld Richard Lindners beleuchten.

Im Schaufenster eines Schuhgeschäfts stehen auffällig gemusterte Stiefel. Sie bleibt stehen. Interessant, wie die Schuppen der Schlangenhaut sich am Umschlag spreizen. Ob diese Stiefel Walter gefallen würden? Was geht nur in ihm vor? Früher haben sie über die Grenzen ihrer unterschiedlichen Welten hinweg Anteil genommen an dem, was der andere tut und fühlt. Wann in den letzten Wochen ist er auf ihre Arbeit anders als floskelhaft und gleichgültig zu sprechen gekommen? Richard Lindner scheint für ihn bloß irgendein Name zu sein. Es ist besser, gar nicht erst darüber nachzudenken, sonst kommt ihr zu Bewusstsein, wie unerhört kränkend seine Ignoranz ist. Gibt sie zu verstehen, dass sich auf diese Weise Probleme zwischen ihnen anhäufen, die wieder abzutragen nicht leicht werden kann, falls ihm daran noch einmal gelegen sein sollte, lenkt Walter die Aufmerksamkeit sofort auf andere Themen. Und worum immer es sich dabei handelt, auf kürzestem Weg landet er wieder bei seiner eigenen Person und der schwierigen Geschäftslage.

Das Aroma ausgereiften Mülls entströmt den überfüllten Tonnen. Wann hat er eigentlich angefangen, nur noch zu jammern? Was ist aus dem phantasievollen Mann geworden, in den sie sich einmal verliebt hat, weil er so anders war? Der ihr Leben und seinen Beruf auseinanderzuhalten wusste, jedenfalls zu der Zeit, als er noch Ingenieur war – und nebenher voller Begeisterung für die entlegensten Dinge. Sie dürfe von ihm einfach nicht mehr verlangen, als er derzeit zu geben imstand sei, lautet inzwischen sein immer neu variiertes Lamento. Und wenn sie ihn dann fragt, was sie damit anfangen soll, schweigt er. Vielleicht unterhält er sich mit seiner Bohnenstange weniger verkrampft, wenn sie zusammen am Schaufenster vorbeibummeln. Die Straßen leuchten stinkend in der Herbstsonne.

Attacke

Das Plexiglasschild mit dem Schriftzug *Zabel und Freunde* vor dem Haus schillert in unerklärlichen Farben. Imponierend sieht das aus, wenn sich auch in den Ecken der Gravur Verschmutzungen abgesetzt haben – wie Schach sofort registriert, der mehr als eine Generation von Rekruten dazu gebracht hat, von sich aus Sorge zu tragen, dass die Messingtafel, auf der die Inschrift *Drittes Infanterieregiment* verriet, um wen es sich da handelte im kochenden Schlamm Guayanas, niemals vom Schatten des Schattens eines Schmutzes entehrt wurde. Man lehrt sie das am besten, fand er heraus, indem man ihnen luxuriöse Putzhilfen wie Reinigungsmilch, Lappen oder gar Bürsten vorenthält und sie stattdessen auf das verweist, was die Natur ihnen unmittelbar in Gestalt der Finger und der Zunge zur Verfügung stellt. Dann sind Liederlichkeiten wie diese grauen Staubecken in den bunt changierenden Buchstaben hier von vornherein ausgeschlossen. Vielleicht findet sich Gelegenheit, Tomm, der offensichtlich nicht die Gabe der Menschenführung besitzt, in dieser Richtung zu beraten. Weit dehnen sich die Felder vor ihm aus, die zu beackern Schach bereit ist. Er schellt, das Türschloss summt, und seine Füße stapfen die Marmorstufen hinauf: Attacke! Nur die Slipper sind unpassend. Sein Blick geht hinab zu den nougatbraunen Sommerschuhen an seinen Füßen, und er fragt sich, welcher Teufel ihn geritten hat, vor der Abreise noch das verschlafene Schuhgeschäft in Clichy zu betreten, um gerade dieses Paar unschöner Schuhe aus der Auslage zu kaufen. Oben tut sich die glanzlackierte Tür auf, und Cora Hagens Schemen wischt vorbei, die ein »Bitteschön« hinter sich herzieht, bevor sie in einem Zimmer verschwindet, ohne weiter darauf zu achten, wer es denn überhaupt ist, der dort in der Tür steht.

Beide Flügel des hohen Eingangs sind weit geöffnet, im Entree eine Art Rezeption, aber keine Menschenseele. Schach geht unsicher hinein, in den linken von zwei Gängen, und fragt sich, wen er denn da verblüffen soll, um nicht gleich abgewiesen zu werden. In diesem Flur ist niemand. Hinter Türen sind Stimmen zu hören – er passiert eine Reihe davon. Plötzlich geht ganz am Ende des Gangs eine auf, es rauscht, jemand löscht das Licht, bevor er sie hinter sich schließt, die Wasserspülung wird leiser. Ein Mann mit langem, zurückgekämmtem rotem Haar in einem grauen Polohemd, drei, vier Meter entfernt, sieht ihm direkt ins Gesicht: »Wer sind Sie? Was wünschen Sie?«, fragt Walter.

Der Mann ist dreizehn Jahre älter als bei ihrer ersten Begegnung und inzwischen anders frisiert.

»Herr Tomm, Diplom-Ingenieur Tomm? Sie erinnern sich bestimmt. Kourou! Sergent Schach von der Legion. Fällt der Groschen? Der missratene Start der *Ariane* Fünf-Null-Eins, wir haben ein paar Glas Bier zusammen getrunken und uns so gut verstanden, dass ich Ihnen versprechen musste, mich ja zu melden, wenn ich in die Gegend käme. Hat ein bisschen gedauert, aber hier bin ich also. Hallo, mein Freund.«

Den Freund hat er spontan hinzugesetzt, er hätte sich das vielleicht sparen sollen, geht es ihm durch den Kopf, aber nun ist es auch egal. Walter lächelt verständnislos und überlegt, wie er den Mann hinausbekommen kann. Aber Schach hat schon die alte Visitenkarte aus dem Portemonnaie genommen und geht auf ihn zu. »Ist ja auch schon länger her, Herr Ingenieur, trotzdem habe ich es nicht vergessen, und da ich ohnehin in der Gegend zu tun habe ...«, lügt er. »Wissen Sie – ich stehe zu dem, was ich verspreche.«

»Tja, ich bin sehr beschäftigt ...«

»Wir müssten wieder mal zusammen ein Bier trinken oder so, dachte ich«, sagt Schach, als könne er Gedanken lesen, »für ein kühles Glas und einen guten Joke findet sich doch eigentlich immer Zeit, oder nicht?«

Joke? Walter sieht ihn scharf an. Wen hat er da vor sich? Wie kommt er gerade auf so etwas? Hat am Ende dieser Kerl hier etwas mit dem Schlamassel zu tun, in dem er steckt? So wie der sein Büro ausfindig gemacht hat und nun aus dem Nichts auftaucht, so kann er sich auch seine E-Mail-Adresse verschafft und den Zirkuswarenhändlern zugespielt haben, die ihn seit einiger Zeit mit ihren unappetitlichen Spaßmacher-Angeboten belästigen. Vielleicht will er ihm ja selbst was andrehen, weiß man denn, welcher Tricks solche Leute sich unterdessen bedienen? Walter erinnert sich an keinen Soldaten, mit dem er in Südamerika etwas getrunken haben soll. Ein starkes Stück. Da besitzt einer die Frechheit und nimmt eine floskelhafte Einladung, die man irgendwann einmal ausgesprochen hat, zum Anlass, einem nachzuspionieren. Wer hat ihn überhaupt hereingelassen? Da hilft nichts, er muss herausbekommen, ob ihm dieser Mann hier Schwierigkeiten machen kann. Also teilt er Schach mit, in welcher Pizzeria sie sich am Abend treffen werden.

Ein falsches Rot

Der Lehrling hat ihr gesagt, im Büro – er meinte das Ka-
buff, in dem Kupka die Rechnungen schreibt – liege ein
Paket für sie. Aus Paris, wie Trixi gleich sieht. Oben zeigt
sich, dass es einen Ordner mit aufgelisteten Archivbestän-
den und eine DVD mit Filmmaterial enthält. Sie macht
sich einen Kaffee und schließt das Fenster. Kupkas Stimme
dringt herauf, er steht auf der Ladefläche des Lastwagens
und klärt seine Leute schon wieder umständlich darüber
auf, auf welche Weise der Wagen zu beladen sei.

Die ersten Sequenzen des Films, den man ihr kopiert hat,
sind in einem Museum aufgenommen und zeigen verschiedene Gemälde. Sie kennt alle genau von Abbildungen und
braucht nur einen Blick. Viel mehr ist auch nicht möglich,
die Aufnahmen sind so rasant aneinandergeschnitten, dass
sie einen stakkatohaft rhythmisierten Basiseindruck von
moderner Kunst, Tempo und Lebenszugewandtheit geben
sollen. Dann ist das Atelier in Manhattan zu sehen. Der
zarte Mann von gut sechzig steht malend vor einer ihn
deutlich überragenden Leinwand an einer Wandhalterung,
die ihm die Staffelei zu ersetzen scheint. Violett der Umriss
eines pfeiferauchenden Mannes mit Hut vor dem stilisier-
ten Oberkörper einer nackten Frau. Trixi weiß, um welches
Bild es sich handelt – es trägt den Titel *Circus-Circus*. In der
Linken hält Lindner seinen Malstock, er beugt sich über

einen Tisch, auf dem die Farben und die Pinsel bereitstehen. Klare, helle Sachlichkeit – ein Schwenk durchs Atelier bis ans Fenster, in Nebel oder Wolken die Hochhäuser des Blocks gegenüber. Durch die Straßenschlucht wälzt sich Verkehr, Motorenlärm, Hupen und Polizeisirenen steigen herauf. Trixi greift nach ihrem Notizbuch, sie muss festhalten, welche Szenen später für ihren eigenen Film in Frage kommen.

Zwei Maltische – weißlackierte Eisenkonstruktionen auf Rädern, um sie während der Arbeit jederzeit in eine praktische Position ziehen zu können. Öle, Malmittel und Fixative in Flaschen und Dosen, eingedrückte und verbogene Farbtuben. Der Künstler mischt neue Farbe direkt auf der Tischplatte zwischen Gläsern voller Pinsel an, und dann wendet er sich wieder seiner Leinwand zu.

Alles wird bestimmt von den technischen Anforderungen der Arbeit – des Malens großer Tafelbilder im New York des Jahres 1973. So sieht es aus, bis die Kamera auch die anderen Bereiche im Hintergrund des Raums zeigt: eine Anhäufung von zeichenhaften Gegenständen, die Lindner an Deutschland erinnern, an die Welt, der er entstammt, deren Geheimnisse ihn genährt und zu vernichten gesucht haben. Der Brummkreisel liegt da herum zwischen Puppen aus Nürnberg, das Foto eines fauchenden Leoparden hängt neben dem Blick aus Hitlers Augen. Masken und märchenhafte Instrumente.

»Ich war in München damals oft mit Karl Valentin zusammen, habe auch Zeichnungen zu seiner Autobiographie gemacht – Valentin war das deutsche Genie. Der Picasso der Deutschen. Er war soviel wie Picasso. Er hat alles selbst gemacht«, hört sie den Maler, immer noch leicht fränkisch klingend, sagen.

Ein anderer Mann aus dem Off: »Wenn du nur die Wahl hättest zwischen der Existenz des Hofmalers, bei den Gonzagas in Mantua oder irgendwo in Oberitalien, oder eines Führers einer avantgardistischen Kunst-Revolution, was würdest du wählen?«

»Eine gute Frage. Ich will dir die Antwort sagen, in einer anderen Form. Wenn ich die Légion d'honneur bekomme oder die Rosette, würde ich sie gerne tragen, trau mich aber nicht, weil ich ein Maler bin. Das ist eigentlich die Antwort.«

»Ja, aber die Maler des Salons waren begeisterte …«

»Ich bin das aber eben nicht … Verstehst du, das ist eigentlich die Antwort, dass auch Duchamp gerne die Rosette getragen hätte, wenn er gekonnt hätte.«

»Ich versteh …«

»Das ist die Antwort. Wir sind also alle doppelt, wir sind beides, wir wollen Avantgardisten sein, wir wollen aber auch der große Bourgeois sein. Ich hab auch einen Orden. Ich bin Mitglied der Amerikanischen Academy of Arts and Letters, das ist so eine Imitation von der Académie Française, wo viele Franzosen auch drin sind. Ich hab sie einmal angezogen – im Spiegel – und ich bin erschrocken, da siehst du sofort zehn Jahre älter aus, mit einer Dekoration. Wenn du jung bist, kriegst du sie nicht, wenn du alt bist, kannst du sie nicht tragen, denn sie macht sehr alt.«

»Also überspitzt ironisch formuliert: ›Der baronisierte Dadaist‹?«

»Ist es Ironie oder ist es nicht wirklich die Wahrheit? Ich bin überhaupt sehr verwirrt. Ich bin ja ein alter Mann, und in Wirklichkeit bin ich ein junger Mann, das ist wahr, also nicht nur ein junger Mann, ich bin auch ein Kind in vielen Dingen, mehr oder weniger, auf der Stufe eines

Zwölf- oder Dreizehnjährigen. Alles, was Unsinn ist, interessiert mich, seriös. Ich tu genau dasselbe, was ich ganz klein gemacht hab, dieselben Fehler, dieselben Mistakes, alles dasselbe, nichts ändert sich. Natürlich noch ausgeprägter.«

»Was war der letzte Fehler?«

Lindner zeigte auf sein Bild. »Ich hab ein Rot benützt, das ein transparentes Rot ist. Ich hab einen ganzen Tag gebraucht, um die Farbe wieder runterzunehmen.«

Während des Dialogs schwenkt die Kamera vom malenden Mann fort und fährt dann in einer einzigen langen Einstellung das Atelier ab, wo auch die Sammlung besonders minimalisierter, zu den Proportionen seiner feingliedrigen Gestalt passender Tabakspfeifen parat liegt. Sonderanfertigungen der britischen Firma *Dunhill*. Daneben das Foto des Mannes, den Lindner den »österreichischen Dienstmädchen-Schatz aus dem *Café Heck*« nannte, schwarzgekleidet mit der Reitpeitsche, dem Künstlerhut und dem rechteckigen Bart auf der Oberlippe.

Trixi hat genug gesehen, sie nimmt die DVD aus dem Apparat. Dann wäscht sie ihre Hände über dem Becken im noch kaum benutzten Badezimmer. Ihr Gegenüber im Spiegel sieht sie an. Ein leichter Schatten über dem Mund kann die erotische Ausstrahlung einer Frau unter Umständen unterstreichen. Sie versucht sich vorzustellen, was ein Bart, wie Hitler ihn trug, auf ihrer Lippe anrichten würde, und überlegt kurz, ob Walter das überhaupt noch bemerken würde.

Bodyguard

René Schach steckt sich zwischen der Suppe und dem Hauptgang eine seiner schwarzen Selbstgedrehten an. Mit ritueller Bestimmtheit, in der Nachfolge all der früher so in Asche und Rauch aufgegangenen Zigaretten, streicht der Qualm als dünnes Band durch die Borsten auf seiner Lippe, um einen Streifen braun nachzufärben wie der Uferschlamm des Approuagues. Gleich kommt ein Kellner herangestürzt. Verärgert drückt Schach die Zigarette in der Suppentasse aus und presst seinen Mund zu einem scharfen Strich. Der ganze Mann ist gestählt und in sich gefestigt. Walter, den es nicht stört, wenn in seiner Gegenwart geraucht wird, sieht Schach übers Tischtuch hinweg an und murmelt irgendetwas, das wahrscheinlich nicht einmal für ihn selbst von klarer Bedeutung ist. Die Frage, die ihn beschäftigt und die er erst einmal für sich behalten muss, lautet einfach, warum die Irren der Welt es ausgerechnet auf ihn abgesehen haben. Wieso hat damals in der Bar des Weltraumbahnhofs dieser Mann neben ihm gesessen und ein Bier nach dem anderen herangeschafft?

Doch so war es, und jetzt starrt der ihm von der anderen Seite des Tischs ins Gesicht, während man ihm zuhören muss: Dass er kein Geld mehr hat, ist schon nach kurzer Unterhaltung klar geworden. Aber wen außer ihn selbst geht das etwas an? Hält er es etwa für normal, bei einem Fremden zu klingeln und nach fünfzehn Jahren eine angebliche Einladung anzunehmen, nur weil er knapp bei Kasse ist? Niemand kann das so nennen, auch kein Soldat. Er hat irgendetwas in der Hand, das ihm, Walter, schaden kann. Was, das gilt es herauszufinden. Volle Aufmerksamkeit scheint angebracht, denn es ist nicht zu übersehen, dass augenblicklich konsequent alles schiefläuft, was schieflaufen kann. Jedoch gerade weil das so ist, darf man den Teufel nicht an die Wand malen, sagt ihm sein Instinkt. Walter beschließt, es einmal so wie Mirko zu versuchen und probeweise einen positiven Blick auf die Angelegenheit zu werfen: Möglicherweise – so beginnt das Experiment – ist alles ja gar nicht so schlimm. Vielleicht will sich der Mensch einfach nur einmal aussprechen. Er hat es schwer, das kann man sich doch vorstellen. Natürlich muss es schwierig sein, nach Jahren in der Fremdenlegion, langer Zeit inmitten eines bunt zusammengewürfelten Haufens Krimineller aller Provenienzen, wieder in einem Leben Fuß zu fassen. Diesem armen Teufel ist es offenbar nicht gelungen. Also lädt er ihn zu einer Pizza ein, man ist ja kein Unmensch. »Haben Sie sich einmal um Hilfe bemüht?«, erkundigt er sich zwischen zwei Bissen. »Wer den Versprechungen Glauben schenkt, mit denen einen die Legion bei der Stange hält, ist verraten und verkauft. Danach habe man ausgesorgt? Schön wär's. Und sitzt du erst einmal in der Patsche, kennt dich plötzlich auch niemand mehr. Anders als Sie. Aber ich sage es, wie es ist – die Realität, Herr Tomm, lässt sich nicht beliebig kostümieren wie ein Harlekin.«

Walter stockt der Atem. Was? Hat er gerade Harlekin gehört? Also tatsächlich noch so ein Spinner, der behauptet, Einblick in sein Inneres nehmen zu können, das ja nicht einmal ihm selbst zugänglich ist? Womöglich steckt er sogar unter einer Decke mit dem aufdringlichen Mathematiker, der ihm schon genug auf die Nerven geht. Man muss einfach ganz genau aufpassen, was der Kerl da tun wird, und dazu ist es am besten, sich die Achtsamkeit nicht anmerken zu lassen.

»Die Wahrheit bleibt nackt«, sagt der Exlegionär nach einem Schluck und hat das Gefühl, den richtigen Ton zu treffen, um bei seinem Gegenüber eine Chance zu bekommen. »Das ist die Lage.«

Walter gibt nicht zu erkennen, wie er sie sieht, und auch nicht, dass er jetzt tatsächlich hellwach ist. Der lederne Mann mit dem Stechblick vor ihm verzieht wieder den Mund unter dem gestreiften Bart zum Strich, bevor er kräftig kaut und vor allem trinkt. Vielleicht verplappert er sich ja, wenn er mit ausreichend Montepulciano versorgt wird. Die Zeit dafür, ist Walter gleich klar gewesen, muss er sich nehmen. Er hat Trixi einen Zettel hingelegt, dass er abends geschäftlich länger unterwegs sein wird.

»Herr Schach, wie sind Sie denn eigentlich dazu gekommen, in die Fremdenlegion einzutreten?«, erkundigt er sich scheinheilig, und der Angesprochene sieht erfreut auf, weil er den Eindruck bekommt, dass es langsam ernst wird und die Voraussetzungen für eine Anstellung ins Visier geraten.

»Im Herbst '89 habe ich genau gespürt, dass etwas in der Luft lag und der Ostblock zu bröckeln begann.«

»Sie stammen aus der DDR?« Tomm bestellt mehr Wein.

Schach nickt. »Das ist Fakt. Ich bin von Haus aus – wird Sie interessieren – Grafiker. Die überarbeitete *Karo*-Packung zum Beispiel, ist vielleicht bekannt. Wir sind also irgendwie Kollegen, wenn ich so sagen darf.«

»Und als sich die Grenzen dann öffneten, sind Sie gleich zur Fremdenlegion?«

»Die Legion ist immer vorne, gleich wo die Franzosen sich einmischen, und Kugeln fliegen dann schon durch die Luft – aber nicht zu Lasten Unschuldiger, das möchte ich betonen!«

Die Wörter kommen etwas verwaschen aus seinem Mund. Walter beginnt auch, den Rotwein zu spüren. Am besten lässt er den Mann möglichst viel plappern. Nur keinen Argwohn wecken: »Wie wird man denn eigentlich Legionär?«

»Zum Empfang nimmt man dir erst einmal alles ab, was an dein vorheriges Leben erinnert. Auch die Kleider. Du wirst in einen möglichst vergammelten Kampfanzug gesteckt – Erniedrigung, darum geht's. Gleich fangen sie an, dir Französisch beizubringen, damit du die Beleidigungen auch verstehst, mit denen sie dich eindecken. Jetzt nehmen sie dich unter die Lupe: körperlich, geistig, nervlich. Quetschen dich bis zum letzten Tropfen aus, um zu sehen, ob du nicht ein Sicherheitsrisiko darstellst, am Ende womöglich ein pazifistischer Agent bist, der herumschnüffeln will. Zwischen den Untersuchungen und Verhören lassen sie dich immer wieder die Klosetts putzen und den Hof rauf und runter kehren.«

Er nimmt einen Schluck, dann noch zwei.

»Wenn du das hinter dir hast, kannst du dir einen neuen Namen aussuchen. Falls einer nach dir fragt und die alte Identität nennt, sei er von der Kripo oder der Steuerfahndung, kriegt er zur Antwort: Den gibt's hier nicht. Klar bist du noch der Alte – aber die haben die Macht, es trotzdem so zu drehen als ob, kapierst du? Außerdem, und das ist für manchen nicht das Uninteressanteste, giltst du als ledig, selbst wenn zu Hause vielleicht deine Frau wartet, dass du vom Zigarettenautomaten zurückkommst.«

Walter sieht ihn an, sagt aber nichts.

»Bist du schließlich angenommen«, spricht Schach mit schwerer Zunge weiter, »unterschreibst du einen Fünfjahresvertrag, weniger geht nicht. Und danach, lieber Herr Werbeleiter Ingenieur Tomm, ist man verraten und verkauft, wie ich schon sagte.«

Walter ist es immer mehr, als träume er diesen Mann und die Geschichten, die er zu erzählen hat. Es kann sich dabei doch nicht um Wirklichkeit handeln. Bücher, die er als Junge las und längst vergessen zu haben glaubte, Geschichten voller Urwälder und menschlicher Kampfmaschinen, kommen von ganz hinten in seinem Kopf hervor, um übertrumpft zu werden von dem, was er da hört, inklusive Phantasienamen und mehrfacher Identitäten.

»Ganz ohne Geld geht es leider nicht, Herr Tomm, ich weiß nicht, ob Sie das Problem kennen. Eine Pension zahlt einem die Legion erst nach fünfzehn Jahren. Aber schon nach sieben ist es nicht so einfach, wieder Anschluss zu finden. Die Heimat hat sich unterdessen auch verändert. Und das Legionärsdasein, die Tropen, das alles lässt einen nicht gerade fester im Leben stehen. Danach hat man nämlich nichts mehr – außer der eigenen Nase.«

Tomm nimmt einen Schluck Wein. »So wenig ist das nun nicht, wie Sie tun. Trotzdem: Sie haben es also ein bisschen schwer, verstehe ich.«

»Und somit dachte ich, ein Geschäftsmann wie Sie, Monsieur Tomm, der eine verantwortliche Position ausfüllt, hat bestimmt auch für einen vielseitig präparierten Mitarbeiter, einen welterfahrenen, polyglotten Grafiker wie mich, Verwendung in seiner Firma.«

Walter hört nicht mehr zu, er winkt den Kellner heran und zahlt. Dieses Spiel zu durchschauen hat eine Weile gedauert, aber nun liegen die Karten auf dem Tisch: Der Gauner hier hat ihn offenbar mit rätselhaften E-Mails überschwemmt, um ihn einzuschüchtern, zu verwirren, zu verunsichern – er verfolgt den grobschlächtigen Plan, ihm zuerst ein Problem an den Hals zu schaffen, um sodann als derjenige in Erscheinung zu treten, der geeignet ist, es zu lösen.

»Ich wünsche Ihnen für die Zukunft mehr Glück«, sagt Walter erleichtert, »wann reisen Sie ab?«

René Schach hat schon begriffen, dass es heute zu einer Anstellung offenbar nicht mehr kommen wird. Als er wieder aufsieht und Walter zum Abschied die Hand geben will, ist der bereits auf dem Weg zur Tür. Schnell steckt er seinen Tabak ein und macht, dass er hinterherkommt.

»Einen Moment noch bitte, Herr Tomm. Sie sind doch Herr Tomm?«

Walter stutzt. Was soll das jetzt wieder heißen? Der Bursche weiß doch genau, mit wem er spricht, schließlich hat er sich die Mühe gemacht, ihn ausfindig zu machen, um den Versuch zu unternehmen, ihn aufs Kreuz zu legen. »Was wollen Sie denn noch?«, fragt er gereizt.

»Wenn Sie der Herr Tomm sind, den ich meine, dann können Sie sich unmöglich so verändert haben.«

»Wie soll ich das verstehen? Ich will endlich nach Hause.«

»Wenn Sie noch derselbe sind, dann sind Sie keiner der aalglatten Manager, die heutzutage auftreten wie Gottvater und zum Vergnügen mit Menschenschicksalen spielen, als wären es Murmeln – bevor sie irgendwann selber auf ihre kalten Hundeschnauzen fliegen und feststellen, wie Dreck schmeckt.«

Schach leckt die Zigarette an, die er sich einhändig gedreht hat, und lässt das Feuerzeug mit gewaltiger Flamme auflodern.

»Sind Sie Herr Tomm, dann sind Sie kein Schwein. Heute sehen Sie sich nicht in der Lage, mir einen Job zu geben, was ich verstehe, aber woher wollen Sie wissen, dass sich das Bild nicht bald gründlich ändert? Und dann werden Sie froh sein, einen wie mich in Reserve zu haben. Generell lautet die Frage doch überall: Wem kann man eigentlich noch trauen? Und auf mich können Sie zählen, hundertprozentig, komme, was wolle. Sie sind jetzt müde – schlafen Sie ein paar Nächte drüber. Ein Mann in Ihrer Stellung hat immer genug am Hals, um das er sich kümmern müsste. Aber er kommt nicht dazu. Oder er kann es sich nicht erlauben, das so zu bereinigen, wie es sich eigentlich anbietet. Dann geben Sie René Schach einen kleinen Wink, und der erledigt das für Sie. Verstehen Sie nicht, Herr Tomm? Das Schicksal hat Ihnen einen Joker in die Hand gespielt damals in Kourou – und jetzt wieder. Das ist doch kein Zufall, wenn wir uns nach so langer Zeit wiederbegegnen, nehmen Sie Gift drauf.«

Wieso Joker? Dasselbe Wort, mit dem ihm auch dieser Mathematik-Maier zu verstehen gegeben hat, dass er mehr weiß, als er offenlegt. Vor allem aber als er eigentlich überhaupt wissen kann. Der Mann, den er aus zusammengekniffenen, ebenso wachsamen wie müden Augen da vor sich stehen sieht, macht einen erbarmungswürdigen Eindruck. »Kommen Sie«, sagt er kurz entschlossen, »ich nehme Sie ein Stück im Wagen mit. Was wollen Sie denn jetzt durch die Nacht laufen!«

Schach setzt sich auf den Beifahrersitz und saugt den eleganten Lederduft tief ein, der von den Polstern aufsteigt. Gerade hat er vor, die Zigarette hinauszuwerfen, ehe er die Tür schließt, als Walter ihm zu verstehen gibt, dass es reicht, wenn er das Fenster etwas geöffnet hält: »Meine Frau raucht auch. Wo darf ich Sie absetzen, in welchem Hotel sind Sie abgestiegen?«

»Lassen Sie mich einfach irgendwo raus, wo es Ihnen am besten passt«, sagt Schach.

»Ich erkläre doch, dass ich Sie gerne bis zu Ihrem Hotel bringe, wenn wir schon einmal unterwegs sind. Also bitte!«

»Dann zur Bahnhofsmission.«

»Sie haben kein Hotelzimmer?«

»So etwas kann ich mir nicht mehr leisten. Was denken denn Sie?«

»Bahnhofsmission – also offengestanden muss ich da erst einmal nachdenken ...«

»Sie hätten rechts abbiegen müssen«, sagt Schach an der übernächsten Kreuzung, »da war ein Schild. Dafür dass Sie hier leben, kennen Sie sich aber nicht besonders aus, oder?«

»Passen Sie auf«, erklärt Tomm, »wenn Sie wollen, können Sie erst einmal mit zu uns kommen. Das Gästezimmer ist frei, und für diese Nacht sind Sie dann untergebracht. Morgen können Sie weitersehen.«

»Auf keinen Fall. Also, vielen Dank, und das war es. Halten Sie doch einfach da vorne, wenn Sie sich genieren, mit Ihrem Schlitten beim Obdachlosenasyl vorzufahren.«

»Jetzt reden Sie nicht soviel«, sagt Walter, »Sie kommen mit zu uns, und basta!«

Zack!

»Das Gästezimmer, dort das Bad«, Walter holt aus dem Wandschrank ein paar Handtücher und Bettwäsche. Der Legionär behauptet zwar, er benötige das alles nicht, aber schon hat er auch eine Flasche Wasser mit einem Glas für die Nacht in die Hand bekommen. Trixi ist noch nicht zurück. Walter nimmt sich Milch aus dem Kühlschrank. Am Bahnhof sind sie doch noch vorbeigefahren, Schach musste sein Gepäck aus dem Schließfach holen. Viel hat er nicht dabei, nur eine Reisetasche und den altmodischen Campingbeutel, aus dem noch immer eine nicht ganz frische Ausgabe der kostenlosen französischen Zeitung *20 minutes* hervorragte. Der Korridor knarrt, die Tür quietscht. Auf Walters Schoß sitzt der Kater und lässt sich die Ohren kraulen.

»Wo steckt Trixi so lange, mein Junge?«

Bobs Schnurren hallt durch die Küche. Die Anwesenheit eines Fremden macht die Leere der Wohnung erst richtig spürbar. Anfangs haben sie Menschen um sich vermisst in diesen hohlen Räumen, ihre Freunde, die überall leben, nur nicht hier in der Stadt. Walter gibt Bob frisches Wasser und stellt die Milchtüte zurück in den Kühlschrank. Die Badezimmertür jault, Dielen knirschen. Es pocht.

Schach streckt den Kopf in die Küche. Er habe Licht bemerkt, und da wolle er nur rasch nachschauen, ob er sich vielleicht irgendwie nützlich machen könne.

»Wie wär's mit einem Scotch?«, fragt Walter, der merkt, dass er noch keine Lust hat, ins Bett zu gehen. Er verschwindet nebenan und kommt gleich darauf mit einer Flasche *Black Label* im Arm und zwei hohen Gläsern zurück, nimmt aus dem Tiefkühlfach einige Eisbrocken und lässt sie klingelnd in den Whisky fallen.

»Stört es, wenn ich meinen Tabak hole?«, fragt Schach.

Tomm weist mit einer Kopfbewegung zum Fensterbrett, zu Trixis *Clea* und dem Aschenbecher. Die Küche füllt sich mit dem bekannten Aroma.

»Sie können das nicht wissen: Solche Zigaretten waren damals bei uns in der DDR ganz was Besonderes. Ehrlich gesagt, die *Karo* hat auch nicht viel getaugt. Mir hat sie trotzdem geschmeckt.«

»Meine Frau bezieht sie umständlich irgendwo anders her, ich glaube aus Slowenien. Deshalb ist sie etwas heikel damit. Verraten Sie besser nicht, dass ich Ihnen erlaubt habe, davon zu nehmen.«

Walter trinkt einen guten Schluck. Er fühlt eine Last von sich genommen, ohne zu wissen welche. Zufriedenheit mit sich selbst, wie er sie schon länger entbehrt hat, füllt seine Brust. Der Fremde da vor ihm legt sich unentwegt ins Zeug, er erzählt in einem fort krauses Zeug, vielleicht erträgt er kein Schweigen. Der Whisky tut gut, und Walter lässt Schachs Geplapper an sich vorbeischwappen.

»Als wir damals in Rochambeau landeten, noch den Anblick der Raketenanlagen von Kourou von oben im Kopf, habe ich mich gefragt, was dieser unendlich gleichförmige Urwald bedeuten mag, diese formlose Masse Baum. Möglicherweise ist man selbst ja genauso ohne Kontur und bildet sich die nur ein in einem Meer von Fleisch und Knochen.«

Walter hört nicht zu. Wen interessiert, wie man sechs Meter Anakonda brät, einem Kaiman das Genick bricht und zu besonderen Anlässen *Maden an Gold von der Ananas* serviert?

»Blablabla Kämpfer im einzigen Tropenwald, mit dem Frankreich aufwarten kann!«

Wo bleibt Trixi? Wieso kommt sie ausgerechnet heute so spät, wenn er mal einen Gast mitgebracht hat! Wie erfährt sie, dass sie nicht alleine sind? Falls er es ihr nicht mehr sagen kann, muss er einen Zettel hinlegen. Hoffentlich sieht sie den auch, mitten in der Nacht. Aber auf eine bessere Lösung kommt er nicht. Das eben ist – findet Walter, während Schach irgendetwas vom Mururoa-Atoll schwätzt – ihr Hauptproblem miteinander: Trixi zwingt ihn fortwährend zu Umständlichkeiten mit unkalkulierbarem Ausgang. Ihr fehlt einfach der Sinn für geradlinige, schlanke Verhaltensweisen ohne überflüssige Komplikationen. Soll er etwa hier sitzen bleiben, bis sie endlich erscheint, vielleicht bis er zur Arbeit geht am Morgen, um sicherzustellen, dass Trixi in keine unangenehme Situation hineinstolpert, dass sie sich nicht erschrecken kann, nachdem er sich erlaubt hat, einem Bekannten ihr Gästezimmer anzubieten?

Immer wenn er seine normalen Kräfte leise zurückkehren spürt, ist darauf Verlass, dass Trixi hier und da ein Schräubchen lockert und ein Stöckchen in die Speichen hält: Es soll eben nicht sein. Sie wacht argwöhnisch darüber, dass immer ein ausreichender Grad an Unsicherheit, Durcheinander und Kraftvergeudung gewahrt bleibt, über dessen Auswirkungen sie dann Klage führt.

Da es offenkundig keinen Nachschub an Whisky gibt, beschließt Schach, der noch einiges zu erzählen hätte, sich zurückzuziehen. Sein leeres Glas stellt er ins Spülbecken und geht in sein Zimmer. Bob liegt zusammengerollt auf einem Küchenstuhl und schläft. Walter gießt sich noch einen Schluck ein und sieht ihm zu. Nach einiger Zeit wird ihm bewusst, wie ihn der Abend mit dem endlosen Warten auf Trixi und dem Gerede dieses Urwalddummkopfs so ermüdet hat, dass er sich jetzt unbedingt auch hinlegen muss. Mit großen Buchstaben schreibt er ACHTUNG! WIR HABEN BESUCH! auf einen Papierbogen, den er vor die Eingangstür legt, und geht schnell ins Bett, wo er sofort einschläft.

Noch durch die Steppen der Mongolei donnern Schwerdampf-lokomotiven mit dem eingepunzten Schriftzug MOHNERLIE-SER auf dem Kessel. Aber wie ist es möglich, dass die meisten seiner Mitarbeiter in ihm einfach stur den Industriekapitän erkennen? Erstaunlicherweise vermögen sie darüber hinwegzusehen, dass er ja schon durch sein phantastisches Kostüm als Clown auszumachen ist: durch die großkarierte Jacke mit den bunten Flicken und dem riesigen Knopf, durch die eigentlich fast schon signalrote Pappnase.

Mit frappierender Entschiedenheit reduzieren sie die Komplexität seiner Person und nehmen bloß wahr, was ihre einfache Weltsicht nicht durcheinanderbringt. Doch so geht es offenbar zu in den Leute-Köpfen: Selten setzen sie sich mit der ganzen Wirklichkeit auseinander. Sie pflücken sich das heraus, was ihnen gerade in den Kram passt. Warum es so unmöglich scheint, ihn als den wahrzunehmen, der er ist, nämlich als den unübertroffenen Weltclown Dirk Amy Mohnerlieser, über all das und noch mehr muss bei Gelegenheit einmal gründlich nachgedacht werden.

Walter boxt sein Kissen, das in dieser Nacht keine bequeme Form anzunehmen bereit ist. Er wälzt sich einige Male auf der Suche nach einer geeigneten Position.

Vor zwei Stunden ist er in sein Büro gekommen, hat die Clownsnase abgenommen und auf die Alabasterplatte seines Chefschreibtischs geworfen, wo sie jetzt liegt. Plötzlich, schnell wie ein Pfeil, schießt seine Hand vor und fährt auf die hohle Pappform nieder. Ein einziger Schlag, kurz und kräftig, der nichts übriglässt als einen roten Fleck auf einer weißen Fläche. Sein Schreibtisch sieht jetzt aus wie die japanische Flagge, registriert Mohnerlieser – ein Faktum von schwer zu beschreibender, aber weitreichender Bedeutung. Die Zivilfahne, nicht die Kriegsfahne. Er versucht zu lachen. Schüttelt sich ein paar Mal, denn es ist ja eigentlich nicht übel, sich selber so zu überraschen. Zack! Schneller als man nachzudenken imstande ist. Zack, und da ist es bereits geschehen, ehe die Gedankenpolizei einschreiten konnte. Tusch!

Doch das Lachen ist gekünstelt, falsch. Es gerät nur zum matten Lächeln. Mohnerlieser gesteht sich ein, wie sehr ihn seine Erlebnisse ermüdet haben. Aber dies ist nicht das Ende. Noch ist es soweit nicht, beschließt er. Man muss versuchen zu vergessen ...

Und Walter Tomm seufzt erleichtert, ohne wachzuwerden.

Schnallen und Schnüre

»Hier wohnt jemand? Wer?« Trixis Stimme holt ihn aus dem Schlaf.

»Ach, bist du auch schon da?«, murmelt Walter und will die Augen wieder schließen. Sie schaltet das Licht ein: »Du legst mir einfach einen Zettel hin? Vielleicht hättest du mal anrufen können.«

»Ich dachte ja nicht, dass du erst am Morgen kommst. Was glaubst du, wie lange ich gewartet habe. Ich wollte dir direkt sagen, worum es sich handelt, nicht am Telefon. Und was heißt ›wohnen‹? Ich habe einem Bekannten aus der Verlegenheit geholfen. Morgen ist er wieder weg.«

»Welchem Bekannten?«

»Ein Bekannter von früher. Wofür haben wir ein Gästezimmer? Lass mich endlich weiterschlafen. Ich muss früh raus.«

»Da können Freunde übernachten, die uns besuchen wollen, aber nicht irgendwelche Leute. Das Gästezimmer ist für unsere Freunde da, all die Leute, die uns hier fehlen in diesem gottverlassenen Nest, wo es nichts gibt und niemanden außerhalb eurer Scheißfirma. Ich kann nicht arbeiten mit einem Fremden in der Wohnung! Gerade jetzt, wo ich mitten in den Vorbereitungen für den Film bin, das ist Sabotage. Wenn ich morgen frühstücke, will ich nichts mehr sehen von ihm.«

Walter atmet in tiefen Zügen, die anzeigen, dass ihn der

Schlaf wieder bei sich aufgenommen hat. Trixi sitzt noch einige Zeit im Bett, dann löscht sie das Licht.

Am Morgen zwingt Walter sich zum Aufstehen. Daran ist er gewöhnt, der Wecker braucht kaum zu klingeln, ganz gleich, wie kurz die Nacht gewesen ist. Trixi liegt reglos und hat die Augen geschlossen. Ob sie nun schläft oder nicht – er muss überlegen, was mit René Schach geschehen soll. Inzwischen ist ihm selbst klar, dass sie sich zu Recht aufgeregt hat und seine Idee nicht besonders gut gewesen ist. Wie viele Probleme blieben der Welt erspart, würde nur eine simple Regel nicht fortwährend missachtet: Man darf sich niemals dümmer stellen, als man ist. Und wenn sie tausendmal über ein Gästezimmer verfügen, ihre Wohnung ist ein intimer Raum, nur für sie beide bestimmt, für Bob noch natürlich.

Armes Tier, das keiner um seine Meinung bittet. Walter dreht sich unter der Dusche und lässt das Wasser auf sich niederprasseln. Dieses angebliche Gästezimmer ist in Wahrheit nur dazu da, den Traum dort wohnen zu lassen, dass sie irgendwann wieder mit anderen zusammensein werden, so ähnlich wie früher. Und jetzt wird es von einem unsympathischen Soldaten verdreckt. Sie muss sich tatsächlich manchmal fragen, was in seinem Kopf los ist. Nachdem er seine Gedanken soweit aufgeräumt hat, sieht er, dass Trixi eigentlich ja gar kein Schaden zugefügt worden ist: Am Abend hat sie von Schach nichts mitbekommen, weil sie selbst unterwegs war, und noch vor dem Frühstück wird er fortgeschickt. Ihr Leben wird noch nicht einmal von einer kleinen Unterbrechung gestört. Alles wie immer.

Als Walter frisch gekleidet und rasiert, eine Ecke Toilettenpapier auf der Wange, zum Lüften die Küche ansteuert, ehe er an die Tür des Gasts klopfen wird, um ihn aufzufordern, sich schnell fertigzumachen, wundert er sich über den intensiven Rauchgeruch, der ihm schon im Flur entgegenströmt. Dann hört er Stimmen.

»Ich mache Ihnen aber gerne auch Tee.«

Walter öffnet die Tür. Trixi und René Schach sitzen sich am Küchentisch gegenüber. Sie trinken Espresso, über ihren Fingern kräuseln sich die Qualmbänder ihrer Zigaretten.

»Nur weg von zu Hause, vom Kalender, raus aus der eigenen Haut, habe ich damals gedacht«, mit diesen Wörtern quillt dem Mann der Rauch aus dem Mund, er trinkt von seinem Kaffee, bevor er weiterspricht: »Im Dschungel, dachte ich, kann ich mein altes Leben hinter mir lassen. Ist mir natürlich nicht gelungen. Der ganze Schlamassel konnte mich da erst richtig scharf befragen: Wer bist du überhaupt? Was bleibt übrig von dir, wenn alles Brimborium wegfällt? Die Legion hat mich unbarmherzig auf den Kern meines Wesens reduziert – nicht immer angenehm, kann ich Ihnen versichern, Frau Tomm, aber sehr lehrreich.«

»Meine Frau heißt Ghedina!«, sagt Walter.

Statt zu schlafen oder Frühstück zu machen und das Fleisch für den Kater aufzuschneiden, sitzt Trixi mit einem Fremden am Küchentisch herum, trinkt Espresso, plaudert und raucht. Gerade hat sich dieser Mann da erhoben und lässt das ausgelaugte braune Pulver im Mülleimer verschwinden, füllt Kaffee und Wasser nach und postiert die kleine Aluminiumkanne erneut auf dem Herd. »Espresso?«, fragt er mit Blick auf Tomm.

Der antwortet leise »Nein danke«.

Bevor Bob anfängt zu quengeln, sucht Walter im Kühlschrank und holt dann mit ungeübten Fingern einen tiefbraunen Lappen Rinderleber aus einem verknoteten Plastikbeutel, lautes Schnurren hebt irgendwo an. Wieso streicht der Kater ihm nicht um die Beine, wie er es mit Trixi bei dieser Gelegenheit immer macht? Walter dreht sich um. Bob hat sich auf den Stuhl gesetzt, von dem Schach aufgestanden ist, und verfolgt von dort das ungewohnt lebendige Geschehen dieses Morgens. Walter stellt den Teller mit der zerkleinerten Leber neben den Wassernapf, dann geht er ins Bad, um mit der Bürste und viel Seife gründlich seine Hände zu waschen.

Als er wieder in die Küche kommt, hat Bob fast alles aufgegessen. Trixi sitzt weiter rauchend am Tisch, der Soldat spült Tassen und Löffel unter fließendem Wasser und greift dann zum Geschirrtuch, um alles abzutrocknen, bevor er es wieder hinstellt und aus der inzwischen frisch dampfenden Kanne neu befüllt. Walter sieht nicht weiter hin, er bereitet die Maschine vor, um seinen eigenen Kaffee aufzubrühen. Das hat mit Sorgfalt zu geschehen. Der Morgenkaffee ist für ihn mehr als nur irgendein Getränk – ein rituell zu durchschreitendes Tor in den Tag ist das. Was für ein Tag, fängt so ein Tag an?

»Sonst noch jemand Frühstück?«, fragt er betont, auch wenn Trixi und der Fremde unverkennbar mit dem zufrieden sind, was sie vor sich stehen haben. Er denkt gar nicht daran, sich auch nur eine Spur von Irritation anmerken zu lassen, und setzt sich mit seinem Tablett – Kaffee, Toast, Schlehenkonfitüre – an den Tisch. Irgendwann geht Trixi aus der Küche, endlich die Gelegenheit, auf die er die ganze Zeit wartet. Er schiebt Schach den Fünfzigeuroschein unter die Tasse und sagt: »Wir sind spät dran.

Haben Sie schon die Tasche gepackt? Ich werde Sie gleich mitnehmen.«

Überraschenderweise kommt Trixi nicht zurück. Man hört sie nach einiger Zeit im Flur, aber sie setzt sich ins Nebenzimmer. Walter gibt Schach mit einer Kopfbewegung zu verstehen, dass er nichts wegzuräumen braucht, sondern bloß seine Sachen einsammeln soll. Währenddessen geht er selber hinüber und verabschiedet sich von seiner Frau. Sie sitzt vor einem Buch mit Bildern dieses Malers. Zwischen ihren Lippen steckt schon wieder eine Zigarette.

»Findest du nicht, dass du zuviel rauchst neuerdings?«, sagt Walter, erwartet aber keine Antwort. »Du hast ja auch noch gar nicht gefrühstückt. Aber morgen ist wieder alles anders. Und vergiss den Ärger wegen des lästigen Kerls«, bittet er, legt ihr die Hände auf die Schultern und versenkt sich in den Duft, der von ihrem Nacken aufsteigt, und den Anblick der feinen Haare hinter ihren Ohren. Mit einem Klopfen an den Türrahmen macht Schach sich bemerkbar. Er hat seine Tasche und den Campingbeutel geschultert.

»Wollen Sie weg?«, fragt Trixi.

Er kommt ins Zimmer, um ihr die Hand zu geben. Sein Blick streift das aufgeschlagene Buch vor ihr mit dem Bild einer Frau in wilden Korsagen, geschlitztem Wams, Lederröhren, mit Schulteraufbauten, Schnallen, Schnürungen, dazwischen Fleisch: »Selbstporträt als Sex-Samurai?«

»Meinen Sie, ich male mir die Kunstbücher selbst?«, lacht Trixi und klappt den Band zu.

»Sieht Ihnen aber sehr ähnlich.«

»Ich nehme ihn mit«, mischt Walter sich ein. »Wir müssen los!«

»Würde es dir etwas ausmachen«, sagt sie, »heute einmal mit dem Taxi zu fahren?«

Walter sieht sie an. »Jetzt haben wir keine Zeit mehr, das sage ich doch« – anscheinend hat er noch nicht begriffen.

»Sie besitzen doch einen Führerschein?«, sagt Trixi an Schach gewandt.

»Sämtliche Klassen«, murmelt der, während sie weiterspricht: »Also – leihst du mir vielleicht für diesen Tag einmal den Wagen? Ich könnte dann nämlich Verschiedenes erledigen, was sonst sehr umständlich wäre, auch wenn das normalerweise keine Rolle spielt. Jetzt fügt es sich eben mal anders.«

»Der Wagen ist gerade repariert«, will Tomm abwehren.

»Wenn es um den Schlitten von gestern geht«, bemerkt Schach, »ein *Stoffhund* ist das ja nicht gerade«, was immer das besagen soll.

»Schach« – sie verzichtet auf Umständlichkeiten – »kann ebenso gut später abreisen und fährt mich. So kann er sich revanchieren.«

Betriebsausflug

»Im Dschungel wird es hell, weil die Nacht vorüber ist, aber die Sonne zeigt sich nicht. Der Regen beginnt, und wenn der Tag schon viel zu lange dauert, wird es dunkel. Die ganze Zeit trommeln die Tropfen weiter auf die Plastikplanen über den Hängematten ein, die so unbequem sind, dass die Männer nur schlafen, um nicht in Ohnmacht zu fallen. Als Ausbilder darf man vor allem eins nicht sein: zimperlich. Das schuldet man seinen Leuten.« Schach schnippt nebenbei die Kippe aus dem Fenster, während er den schweren Wagen so mühelos rückwärts in die eigentlich viel zu kleine Parklücke setzt, dass Trixi es kaum als besondere Aufgabe wahrnimmt. Seine leichten Slipper dosieren geschmeidig den Druck auf die Pedale, nichts hakt oder krächzt, alles scheint auf einmal ganz anders geschmiert zu sein, wie auf Schienen gleitet das Auto in einer einzigen weichen Kurve zwischen die anderen abgestellten Wagen an den Bordstein vor dem Schlossplatz.

Im Kofferraum liegt bereits ein Paket mit den Teilen eines Rolltischs, das sie vorhin in einem Möbelgeschäft an der Autobahn geholt haben. Schach kann ihn später im Studio montieren, der Drucker ist dann besser untergebracht, glaubt Trixi. Und da sie schon mit dem Auto unterwegs sind, hat sie beschlossen, zwei oder drei Pakete Papier mitzunehmen. Sie bittet ihren Chauffeur, das schon einmal zu besorgen, während sie quer über den Platz zur Buchhandlung geht. Der Wind lässt abgefallene Lindenblätter über die Steine am Boden laufen wie verängstigte kleine Mäuse auf der Flucht. Mit dem Rascheln hungriger Klapperschlangen fegt vertrocknetes Kastanienlaub hinterher. Die Urwaldabenteuer, die sie seit dem Morgen zu hören bekommt, hinterlassen offensichtlich Spuren in ihrem Kopf.

Kupka staunt nicht schlecht, als aus Walters Auto Schach in seinen Hof steigt und das Paket mit dem Tisch und das Übrige, was sie im Wagen hatten, hinaufbringt. Und nun? Trixi findet, man kann ihn unmöglich einfach so vor die Tür setzen. Er hat nur Pech, obwohl er sich ernstlich bemüht, und schleppt einen dicken Problemknoten mit sich herum. Den bekommt niemand so schnell auf, aber man kann vielleicht mit dem Versuch beginnen. René Schach kennt immerhin die Welt, er beherrscht mehrere Sprachen, verfügt über Fertigkeiten, es ist nicht einzusehen, dass es nirgends Verwendung für ihn geben soll.

Nachdem er weg ist, stellt sie die Kaffeemaschine an und sieht den schwarzen Tropfen dabei zu, wie sie sich in der Glaskanne sammeln. Leer breitet sich der Hof unter dem Fenster aus. Kupkas Leute scheinen im Einsatz zu sein. Die Ruhe ist wunderbar. Ihre Gedanken gehen trotzdem kreuz und quer durcheinander. Fast ärgerlich, dass das Radiogedudel gerade dann ausbleibt, wenn sie sich ohnehin schlecht konzentrieren kann und es eigentlich keinen Zweck hat, hier hocken zu bleiben. Heute bringt sie nichts zustande. Es ist sogar besser, sagt sie sich, die Finger davon zu lassen, sonst richtet sie nur Schaden an. In der Kaffeetasse vor ihr auf dem Tisch spiegelt sich das Fenster. Ist der Film fertig, werden die Tassen ein Teil des Abfalls, der dabei entstanden ist. Das kleine Fenster tanzt, wenn ihr

Atem daran rührt. Das Bild des durchs Auge streichenden Rasiermessers blitzt auf. Sie drückt einige Tasten, Walter ist gleich am Apparat: Sie habe Schach gesagt, dass sie am Abend mit ihm reden werden.

Schach? Sitze der denn nicht längst im Zug?

Man könne einen Mann wie ihn doch nicht einfach hinauswerfen. Eine Sicht auf Menschen habe er sich da angewöhnt, die überhaupt nicht zu ihm passe.

Und jetzt, wo halte Schach sich gerade auf? Bei ihr im Büro, oder wie überbrücke er die Zeit, bis er wieder bei ihnen zu Hause Einzug halte? Walter nennt ihn einen Burschen. Und der Wagen? Das sei auch keine gute Idee von ihr gewesen – hoffentlich habe er ihn nicht ruiniert.

Das Auto stehe längst wieder wohlbehalten vor der Tür. Es sei nämlich nicht aus jenem Papier gefertigt, das sich in Luft auflöst. Also: Sie habe Schach einen Schlüssel gegeben, er sei ja kein Zuchthäusler.

Dieser Brief, immer weiter. Walter ignoriert ihre Spitze: Alles schön und gut, aber vielleicht hätte sie einen Augenblick warten können. Er habe ihr nämlich gerade eine kleine Reise vorschlagen wollen, kurz entschlossen für ein paar Tage in den Süden. Ausspannen. Eine Woche Korfu.

So was müsse vorbereitet werden – sie plane einen Film! Und er wisse doch selbst nicht mehr ein noch aus vor Arbeit.

»Verstehe«, sagt er. »Weil Schach da ist.«

»Und von wem eingeladen?« Jetzt könne man nicht so tun, als berühre einen seine Notlage nicht. Er solle nicht zu spät kommen, damit sie ein bisschen Zeit hätten und er nicht wieder zu kaputt wäre.

Walter hält das stille Telefon in der Hand, aus dem Trixis Stimme verschwunden ist. Er kann ihr nicht mehr sagen: Warum baust du diese Mauer zwischen uns immer höher, Trixi? Ich sitze in diesem Büro ja nicht aus Langeweile. Draußen in der Welt ist die Hölle los. Aber du lädst wildfremde Leute in unser Leben ein.

Gerade war er dabei, die Umrisse der neuen Ökostromkampagne zu überdenken, die er an Land zu ziehen sucht. Cora hat einige frische Ideen entwickelt – fragt sich nur, wie Zabel sich dazu stellen wird. Dass er viel zu tun hat, versucht er Trixi hin und wieder klarzumachen – ohne Erfolg. Sie begreift nicht, dass die Wirklichkeit einem etwas abverlangt. Ihre krankhaft misstrauische Phantasie, stets auf Hochtouren laufend, macht ihm das Leben unnötig schwer. Die Realität? – interessiert sie nicht. Dort geht es ja nicht darum, vergessene Popmaler groß in Szene zu setzen oder abgehalfterte Fremdenlegionäre vom Abgrund zurückzuziehen, sondern für sich selbst zu sorgen. Manchmal hat er den Eindruck, dass Trixi nie aus ihrem Pustertal herausgefunden hat: Sie wartet noch immer auf die rußgeschwärzten Gesichter der Männer mit Dynamit im Rucksack und zittert, unter welcher Brücke es krachen, wie viele Telefonmasten diesmal umknicken werden.

Wenn es ihm nicht gelingt, Trixis Vertrauen zurückzugewinnen, wird es immer enger werden um seine Rippen. Heute Abend muss er damit anfangen, mit oder ohne Legionär, ganz egal. Diese lächerliche Briefsache – die größten Probleme brauchen nur kleine Auslöser. Ehe das Sandkorn nicht aus dem Auge ist, hilft die Feststellung seiner Winzigkeit nicht weiter. Trixi muss wieder an ihn glauben, sonst ist alles sinnlos. Maiers Schreiben lässt sich doch noch einmal ausfertigen in diesem unheilsschwangeren Institut, wo man ihm das Ganze eingebrockt hat. Dort wird er ein Duplikat erhalten, darauf hat er Anspruch, damit er

Trixi dieses Stück Papier vorzeigen kann und sie ein für alle Male begreift, dass sie ihm nie mehr misstrauen darf! Gibt es für ihn Wichtigeres? Er beschließt, keine Sekunde zu warten, sondern jetzt gleich dieses Institut aufzusuchen. Es wird ihn tatsächlich dastehen lassen wie einen Clown. Aber das ist nicht entscheidend. In diesen sauren Apfel muss er jetzt eben beißen – und das zu dem Zeitpunkt, da er gerade dabei war, diesen Glencheck-Schwätzer abzuschütteln, der ihn mit einem Varietékünstler verwechselt. Nun muss er das Ruder herumreißen und erst einmal so tun, als läge doch keine Verwechslung vor, weil sich hinter Kreativdirektor Walter Tomm von der Werbeagentur *Zabel und Freunde* in Wirklichkeit ein begeisterter Hanswurst versteckt. Sonst kommt er nicht an den Brief.

Zu Fuß macht er sich auf den Weg. In seinem Wagen kutschiert ja jetzt ein Soldat herum. Wie ist so ein Clown überhaupt ausgestattet, wenn er auch nur den geringsten Anspruch darauf geltend machen darf, ernst genommen zu werden? Und das bedeutet wohl: lächerlich sein in Perfektion. Auf so etwas kommt man, wenn man den ganzen Tag mit Zahlen jongliert, nimmt er an und drückt den Knopf an der Fußgängerampel länger als sonst, auch wenn er weiß, dass es nichts nutzt, aber der Strom von Fahrzeugen aller Art will einfach nicht abreißen. Walter Tomm findet sich durchaus nicht zum Lachen. Auch nicht seine Erscheinung, hochgewachsen und schlank, wenn auch leider unsportlich, dafür mit stets gut ausrasierten, gesund durchbluteten Wangen rund um die energische Nase, und das immer noch volle rote Haar trägt er lang und glatt in den Nacken zurückgekämmt, wo es sich über dem Kragen ein wenig kräuselt. Sieht so ein Zirkusclown aus?

Diesmal ist reichlich Platz hinter dem Institut, und das Parken würde gar kein Problem darstellen. Bis zu einem gewissen Grad ist er jetzt auf das Wohlwollen dieses Mathematikers angewiesen, der im Verdacht steht, ziemlich kauzig zu sein. Solche Menschen sind selbst die Letzten, die diesen Umstand in Betracht ziehen. Sie leben eingesponnen in ihre eigene Welt und halten sie für die wahre. Er muss so tun, als sei er auf einmal doch von der Idee des Professors begeistert, ja brenne geradezu darauf, den Harlekin zu geben, der seine Landkartenberechnung an die große Glocke hängen wird. Und am Abend kann er dann Trixi damit konfrontieren, dass er ganz nebenbei den Brief auf den Tisch legt, an dessen Existenz sie nicht glaubt. Aber versehen mit demselben Briefkopf, der über dem Beginn all seiner Schwierigkeiten geprangt hat, klebt hinter der Glastür ein Zettel: Betriebsausflug.

»So schön es war in Paris – auf die Dauer füllte mich das Leben dort nicht aus«, sagt Schach am Abend und leert sein Apfelschnapsglas, »dafür habe ich zuviel von der Welt gesehen und erfahren durch die Legion – vor allem über mich selbst: Gelernt, wer ich bin und wer nicht. Somit stellte sich die Frage, wo sich eine echte Perspektive öffnet.«

»Und die erkennen Sie hier?« Walter sieht ihn besorgt an. Auch Trixis Augen sind auf den Mann im Sessel zwischen ihnen gerichtet. Eine auffällig dicke Ader verläuft über seinen muskulösen Arm, den das T-Shirt nur ansatzweise verdeckt.

»Möglich«, antwortet Schach. Er blickt zu Trixi hinüber. »Wie kommen Sie denn voran? Es hat mir gefallen bei Ihnen. Da geht es um was, das ist faszinierend. Großartig muss das sein, wenn man weiß: Ich allein stelle etwas in die Welt, das es bis dahin nicht gegeben hat. Dann aber ist es da, und niemand kann einfach daran vorbei, ohne es zu bemerken, und wenn er die Augen davor zumacht, weil er nicht hingucken will, stößt er sich den Kopf.«

Klirren und Klappern dringt aus der Küche, wo Walter eine neue Flasche Wasser öffnet. Er ist während Schachs langer Ausführungen hinübergegangen. Jetzt schenkt er nach und sagt: »So schnell geht das nicht, Herr Schach. Die Stoffe, denen sich meine Frau zuwendet ...«

»Die Redakteure finden ebenso wenig daran wie du – wolltest du das sagen?«, lacht Trixi. »Man braucht etwas Zähigkeit, das ist alles. Ich kann mir vorstellen, Sie kennen das.«

Das Telefon klingelt. Trixi geht hin, gibt ihrem Mann dann den Apparat: »Mirko.« Walter verlässt das Zimmer. Wenig später kommt er zurück, winkt ab und meint, man vermisse im Büro eine Akte, das sei alles.

Sie wundert sich, dass Zabel deswegen so spät bei ihnen anruft. Wieso wendet er sich nicht an die Sekretärin?

Wahrscheinlich fehle da ein sehr wichtiges Dossier, mischt Schach sich ein – das erste, was einem bei der Legion vermittelt werde, sei Systematik. Er könne immer noch im Schlaf einen Plan vom Approuague samt sämtlichen Uferhöhlen zeichnen, in denen die illegalen Goldschürfer Guayanas ihre Boote verstecken – alles bis ins kleinste Detail in seinem Hirn registriert.

Walter Tomm sieht ihn verständnislos an.

Beispielsweise, fährt Schach fort. Er habe auch die Stadt hier gespeichert. Man gebe ihm nur Bleistift und Papier, dann wolle er es augenblicklich beweisen.

Trixi sieht Walter amüsiert an: Das passe doch sehr

gut – wolle er nicht Schach dieses Landkartenproblem für sich lösen lassen? Sie schenkt Calvados nach. »Sind Sie in diese brisante Problematik bereits eingeweiht, René?«

René?, stutzt Walter. Für heute reicht es ihm. Er ist müde. Bekanntlich handle es sich nicht um eine kartographische, sondern eine mathematische Fragestellung, murmelt er, verlässt das Zimmer und macht sich für die Nacht fertig.

Lautes Lachen dringt herüber und stört ihn beim Einschlafen. Er sagt: »Komm doch endlich, ich will dich riechen, lass mich dein Haar schmecken«, aber ganz leise, als wenn sie in ihm wäre, bei der Sehnsucht, bei der Angst, seine Lider schieben sich über die Augäpfel ...

und er bemerkt, dass die Blechbläser nachhinken. Erst sie, dann kommen die Streicher von der Melodie ab, und als ein Instrument nach dem anderen ins Taumeln gerät, bis schließlich auch der Pauker ohne Bezug zu den Noten wild hin und her trommelt, wendet Walter sich um in seinem Frack, um dem Publikum ein Zeichen zu geben, dass das Konzert vorbei ist.

Da aber bricht ein solcher Lachsturm los, dass von dem ganzen kakophonischen Krach, den die Musiker veranstalten, nichts mehr zu hören ist.

»Bravo, Mohnerlieser«, rufen die Leute, die sich aus ihren Plätzen erhoben haben, »bravissimo!«

Verwegene Hüte

Unten liegt leblos der Hof. Erschrocken stellt Trixi fest, dass sie aufhört, sich Gedanken darüber zu machen, was Walter treibt und hinter welchen Märchen er es zu verstecken sucht. Zu Hause läuft Bob unglücklich zwischen ihnen hin und her. Noch immer kommt er schnurrend zu ihr, wenn sie auf dem Sofa liest, aber er wirkt traurig. Das einzige Gute besteht darin, dass er nicht mehr den ganzen Tag alleine ist, denn René Schach wohnt jetzt bei ihnen und hält sich die meiste Zeit zu Hause auf, während sie beide arbeiten. In den ersten Tagen, die er ihr Gast war, hat Walter ihn hinauszuekeln versucht. Er verlange, mit seiner Frau alleine zu sein, hat er René ins Gesicht gesagt. Das wäre verständlich gewesen, wenn irgendetwas von dem, was Walter und sie sich zu sagen haben, wirklich nur sie betreffen würde – sie oder das, was aus ihrer Liebe geworden ist. Walter malt abends in allen düsteren Farben die katastrophale Lage der Agentur und der ganzen Welt aus. Warum sollen seine Stimmungsbilder nur sie deprimieren und nicht auch Schach?

Kürzlich, René war morgens schwimmen gegangen, hat sie Walter beim Frühstück gefragt, was eigentlich mit ihm los sei. Wieso klage er nur noch? Bedeute es ihm nichts mehr, dass sie zusammenseien? Gebe es nichts anderes mehr für ihn als den Beruf? Und wenn es tatsächlich so schlecht um die Agentur bestellt sei, wie er tue, solle er sie doch vielleicht einmal ins Bild setzen und den Grund verraten, aus dem Zabel und er plötzlich so wenig Aufträge ergatterten. Er hat sie traurig angesehen, das Messer sinken lassen und nichts gesagt.

Ob sich denn die internationale Metallhandelsfirma, von der früher immer die Rede gewesen sei, nicht mal zu einem Auftrag für ihre Internetseiten durchgerungen habe, hat sie gefragt. Da müsse doch Geld fließen, viel Geld. Aber Walter murmelte nur etwas, das wie »bald bankrott« klang.

»Euer Großkunde? Wie kann das denn plötzlich sein?«, ließ sie sich nicht abschütteln.

Seine Miene brachte Ratlosigkeit zum Ausdruck.

»Und nun?«

Aber Walter sah sie nur stumm an.

Kurz darauf steckte René Schach, vom Hallenbad zurückgekommen mit der Zeitung und einem Strauß Astern im Arm, den Kopf herein, nur um zu sagen, dass er zurück sei und um eine Vase bitte, dann zog er sich sofort geräuschlos auf sein Zimmer zurück, wohin ihm bald Bob folgte. Kaum war er weg, bewegte Walter, noch immer wortlos, die Hand wie einen Scheibenwischer vor den Augen hin und her: Als sei dieser Mann, der sich gerade in der Tür gezeigt hatte, nicht ganz bei Trost. Falls ihm Schachs Freude an Blumen so unbegreiflich erscheint, kann er dafür jedenfalls nicht auch noch den anderen verantwortlich machen – zumal der sich allergrößte Mühe gibt, niemandem, auch nicht Walter, zur Last zu fallen. Sie nimmt sich noch Kaffee, setzt sich vor den Laptop und zieht den Rolltisch mit dem Drucker heran, um eine E-Mail von Bruno Gerber auszudrucken, der ihr mitteilt, einer seiner Filme solle einen Preis erhalten. Dass sich dadurch seine

Sicht auf die Welt etwas aufhellen wird, steht nicht zu erwarten.

Pessimisten sind in Wahrheit rücksichtslose Optimisten, ist Trixi schon vor längerer Zeit aufgefallen, und zwar nicht nur an Beispielen wie Gerber und Walter. Unerschütterlich ist einer wie der andere davon überzeugt, dass er einfach immer weiter schwarzmalen darf, weil andere ihn schon an jenes sichere Ufer ziehen werden, dessen Existenz er so lustvoll leugnet. Sie nippt am kalten Kaffee und notiert, später beim Einkaufen frisches Tatar für Bob zu holen. Im Fernsehen gibt es einen Werbespot: Verzückt löffelt eine junge Frau ihrer Perserkatze die Mahlzeit aus der Dose auf den Teller und tut so, als würde sie am liebsten erst einmal selbst kräftig zulangen. Mit Mühe beherrscht sie sich und setzt die braune Pampe, gekrönt mit einem Petersilienzweig, der Katze vor. So sieht der Inhalt von Walters Berufsleben aus? Er erinnert sie an die traurig gerupfte, abgeknickte Lärche in ihrem Heimatort, oben beim Schloss, zu der man von der Stadtgasse aus hinaufblickte. Einsam und derangiert, mit verdrehtem Wipfel hielt sie sich so eben noch aufrecht dort am Hang, neben dem es steil in die Tiefe ging.

Der Ausnahmezustand im Hof scheint beendet: Kupkas Handwerker sind wieder eingetrudelt und zur Pause versammelt. An ihrer Gewohnheit, bei offenen Türen im Lastwagen zu sitzen und viel zu laut das Radio spielen zu lassen, hat sich allen Bitten zum Trotz nichts geändert. Die Mauern wirken als Schalltrichter, der alles nach oben hin verstärkt. Ist sie im Arbeitsrausch und drängen die Einfälle sich geradezu auf, gelingt es ihr manchmal, den Krach zu ignorieren. Muss sie die Gedanken mühsam Splitter um Splitter zusammentragen, geht ihr das Gedudel auf die Nerven. Pianisten, die nur aufführen, was andere sich ausgedacht haben, beenden bei der kleinsten Störung ihren Vortrag, die Neuproduktion von Einfällen aber – verdiente die nicht auch irgendeinen Schutz? Das Autoradio spült ein paar Gitarrentöne und die inbrünstige Stimme einer Sängerin zu Trixi hoch. Unwillkürlich legt sich ihr der pappige Geschmack nach nichts auf die Zunge, der sie als Mädchen in Tirol ständig begleitete. Das Aroma einer Leere, der sie Tag um Tag zu entrinnen versuchte: all die verzweifelten Zusammenkünfte mit ihren langweiligen Freundinnen und Freunden. Niemand hatte etwas davon, aber es war keine andere Möglichkeit zu finden gewesen, als miteinander dummes Zeug zu reden und auf der Gitarre herumzuzupfen, wie es eben so ist, wenn der Betrug der Kindheit platzt und man versteht, dass die zugige Pracht der Berge wenig für einen bereithält.

Es ist, als wäre seitdem nur eine Stunde verflossen. Wirklicher als das, was vom Hof heraufdröhnt, hört sie noch den Klang ihrer energischen Hände durch die Stadtgasse ziehen. Schlag um Schlag verhallt, ohne die geringste Wirkung, ohne irgendetwas zu ändern zwischen den Bergen. Wie seit Jahrhunderten wurde das Vieh auf dem Markt zusammengetrieben, Leid in den aufgerissenen Augen. Die Furcht dieser Blicke und das aufschneiderische Geschnauze derer, die als Zeugen der Unabänderlichkeit mit verwegenen Hüten auf dem Kopf vor dem Gatter standen und Schnapsgläser leerten – so etwas muss sich doch einschreiben in die Luft, in Straßen, Häuser und Bäume. Aber es ändert sich nichts als die Technik und die Fahne, die darüber weht. Das Bild dieser Unberührtheit ist das, was ihr blieb. Außer ein paar Fotos aus der Balgenkamera

ihres Vaters. Und der Klang verzweifelt ein-, zweimal zu-
sammenklatschender Mädchenhände als Maß der Dauer
unserer großartigen Stippvisite auf Erden.

Zéro

✉ »Effekt-Kostüme für Artisten! Auch im Outfit professionell alles aus sich herausholen!«

✉ »Clowns aufgepasst: Brandneue Spitzenrequisiten eingetroffen – ganz frische Messeware für die kommende Saison! Ein Angebot, das sich an wenige Ausgesuchte richtet, da nur geringe Vorräte am Lager befindlich. Unser aktueller Tipp: Unbedingt Katalog sichten!«

An seinem gläsernen Tisch im Büro sieht Walter Tomm fassungslos zum Bildschirm hinüber. Vom Flur dringt Lärm herein. Er hört die Sekretärin aufkreischen, und dann lässt anscheinend jemand seine Pritsche mit Getöse zusammenklatschen. Walter öffnet die Tür und sieht nach, was los ist. Vor einem Stapel auf dem Boden verteilter Akten, der offenbar aus dem Schrank hinter Sandras Schreibtisch gestürzt ist, hockt Schach. Ohne aufzublicken sagt er: »Wir fahnden nach der Akte, die der Chef braucht.«

In Sandras Züge steht eine Mischung aus Verzweiflung und Amüsement geschrieben.

»Was machen Sie denn hier? Und welcher Chef«, fragt Tomm.

»Zabel«, antwortet Schach.

»Blödsinn. Was haben Sie hier zu suchen?«

»Während Sie und Ihre Frau mir übergangsweise Obdach bieten, kann ich doch nicht die ganze Zeit auf der faulen Haut liegen, man will etwas leisten. Ich habe mit Herrn Zabel ausgemacht, dass ich einmal gründlich aufräume und ein Ordnungssystem etabliere, das Übersicht garantiert. Offenbar hat er die Nase voll davon, dass sich hier einfach wichtige Dossiers in Luft auflösen. Verständlich, finde ich.«

Tomm sieht Sandra an.

»Er hat mich angerufen, und weil wir ja tatsächlich immer wieder mal etwas vermissen, habe ich Mirko vorgeschlagen, dass wir ausprobieren, was das bringt«, erklärt sie. Osvaldo Bava kommt aus der Küche und stößt vor dem wüsten Haufen Unterlagen im Vorbeigehen einen leisen Pfiff aus, ehe er mit einem Kaffee in der Hand in seinem Büro verschwindet. Auch Walter geht wieder hinein. Er muss mit Mirko sprechen, wenn er wieder da ist, und ihm klarmachen, dass sie den Sachsen nicht mehr loswerden, wenn der hier erst einmal anfängt Wurzeln zu schlagen. Mirkos Naivität übersteigt manchmal jedes vorstellbare Maß.

Vor dem Verlassen der Agentur hat Zabel ihm einen Stapel Fotos auf den Tisch gelegt, den Walter jetzt durchsieht. Es sollen Plakatentwürfe werden, Reklame für ein neues Shampoo, das er *Zéro* nennen will. Eine Galerie von Bildern polierter Schädeldecken erklärt, warum. Es ist nicht zu übersehen, dass seinem Chef mit den Haaren in erschreckendem Maß die Ideen ausgegangen sind. Aber wenn er schon seine Angestellten zu kopieren versucht, warum tut er das auch noch so miserabel? Wie kann er Coras eiskalten Paradoxstil nur so verschandeln? Mirko findet, sie sollten sich um diesen läppischen Auftrag unbedingt sofort bewerben, über den deshalb schon in der Nachmittagskonferenz dringend gesprochen werden müsse. Zumal sich abzuzeichnen beginne – gibt er nun zu –, dass sie in nächster Zeit wohl kaum mit dem Auftrag jener Metallhändler rechnen können, denen er schon lange vergeblich hinterherläuft. Sein Intimus Stelter habe ihm verraten, teilt er jetzt in einem Nebensatz mit, dass im Hintergrund bereits händeringend nach einem Käufer für die Metallsparte seines Konzerns gesucht werde. Als er Mirko eben das ein paar Wochen zuvor prognostiziert hat, ist der ihm von oben herab begegnet: Strategische Überlegungen dieser Kategorie überforderten Walters Urteilsvermögen.

Er kann heute nur schlecht die Gedanken zusammenhalten. In allem sitzt der Wurm. Eigentlich müsste er die neuen Anzeigen bearbeiten, mit denen zentrale Programmpunkte der *Bürgerrechtsbewegung* aufgegriffen werden sollen, ohne damit Schaden anzurichten. Damit, dass sie den Auftrag erhalten haben, ist noch nicht viel erreicht. Wie eine Rakete besteht auch diese Sache aus verschiedenen Stufen. Jene, mit der sie es zunächst zu tun haben und an der sie nun arbeiten, muss dafür sorgen, dass die Schwerkraft abgeschüttelt und der Kosmos erreicht wird. Dort kann dann die eigentliche Reise stattfinden. Zabel hat sich in letzter Zeit verwaschen zur Politik der *Bürgerrechtsbewegung* geäußert. Ganz sicher kann Walter nicht mehr sein, dass er selber in diesem Spiel nicht für den Part des nützlichen Idioten ausersehen ist. Er denkt auch darüber nach, wieso dieses *Institut für Diskrete Mathematik* gestern einen Betriebsausflug gemacht hat, ausgerechnet. Just an dem Tag, als sein Entschluss gereift war, in den sauren Apfel zu beißen und diesen Neurotiker Maier aufzusuchen. Fast nicht zu glauben, dass es solche Zufälle geben soll – die unwahr-

scheinliche Chance dafür lautet 1 : 364. Wie ein Hampelmann kommt man sich vor. Eine Lawine unerfreulicher
Umstände rast zu Tal.

Wieso Tal? Walter hasst die Berge samt allem dazwischen. Bei Trixi ist das anders, sie kennt sich aus in den Tä-
lern und sieht mit ihren Wunderaugen zur Zeit den Himmel nicht vor lauter eingebildeten Bergen. So ist es leider.
Wenn Trixi jetzt bei ihm wäre, würde er ihr zu verstehen
geben, wieviel sie ihm bedeutet – wie er sie liebt und sich
danach sehnt, ihre Nähe zu spüren. Vielleicht sollte er ihr
den Rat geben, sich doch besser einem anderen Thema
zuzuwenden, wenn sie die Schwierigkeiten nicht verkraf-
tet, ihren Film über einen vergessenen Maler unterzubringen. Überall wähnt sie dunkle Kräfte am Werk, die sie
daran hindern wollen, diesen Stoff umzusetzen, den sie so
großartig findet. Bekommt sie gar nichts mit von der Zeit?
Vermag sie die Krise, in der die Welt steckt, einfach auszu-
blenden? Sogar ihn beobachtet seine Frau inzwischen voller Misstrauen. Ein, zwei minimale Schlampereien, die ihm
infolge seiner Überarbeitung unterlaufen sind, haben gelangt, ihr Zusammenleben aus dem Gleichgewicht zu bringen. Ohne die Bitterkeit, die darin liegt, dass es sich um
sie beide handelt, wäre fast zu bewundern, mit welcher
Anschaulichkeit ein alchimistischer Prozess verläuft, der
ein Nichts in Substanz verwandelt.

Dafür hockt nun ein arbeitsloser Soldat bei ihnen im
Wohnzimmer, den sie aus Menschenfreundlichkeit aufgenommen hat. Trixi beklagt, dass ihrem Mann nichts mehr
einfällt, wenn er abends kaputt nach Hause kommt. Schwer
vorstellbar, wenn man dabei in das unerforschlich dumme
Gesicht dieses Landsknechts zu schauen hat, der sich zwischen ihnen breitmacht, ihren Schinken isst und dazu die

Korken knallen lässt. Seine Anwesenheit scheint Trixi nicht zu behindern. Sie ist froh, dass Bob Gesellschaft hat, und begibt sich beruhigt in ihre Schreibstube, wo sie unermüdlich Briefe aufsetzt, die doch noch Interesse für ihren Filmstoff wecken sollen. Wie steht wohl Trixi dazu, wenn Schach seine Tage allerdings nun hier bei ihm in der Agentur zuzubringen gedenkt, wo er Sandra an die Wäsche will, statt dem Kater Gesellschaft zu leisten und Trixis schlechtes Gewissen zu entlasten?

Walter versucht sich trotzdem auf seine Arbeit einzustellen, sein Blick geht über den Inhalt der Mappe, die ihm von Zabel auf den Tisch gelegt worden ist. *Zéro?* Was hat Mirko sich bei diesem Quatsch und den Fotos dazu gedacht? Wo steckt er überhaupt? Wahrscheinlich trifft er sich wieder mit einem seiner Geschäftsfreunde, die zu allem imstande sind, nur nicht, den kleinsten Auftrag für *Zabel und Freunde* an Land zu ziehen. Herr Fu, der Maltliebhaber, zum Beispiel. Ist Mirko sich darüber im Klaren, dass Leute wie dieser Fu Biao bis auf den heutigen Tag lebenden Äffchen mit kleinen Hämmern die Schädeldecke aufschlagen, um ihr warmes Hirn auszulöffeln? Er schaltet routinemäßig den Computer ein.

✉ »Wunder-wunder-wunderbare Witzperücken! Passend für alle Köpfe – Nur Hutgröße angeben (evtl. schätzen) u. sofort bestellen: Sensationell!!«

✉ »Hallo August, hallo Weißclown – aufgepasst: Radikale Lacher garantiert! Begrenzte Abgabe nur gegen Vorlage einer gültigen Zwerchfell-Versicherung!«

Er fährt mit gespreizten Fingern durch sein Haar, von der Stirn her, so wie es fällt, über den Hinterkopf auf die Schulter. Langsam steht er auf, geht ans Fenster und denkt: Warum nicht hinausspringen?

Russen

»Wie die Mauer einer mittelalterlichen Festung ragt hinter dem *Centre Spatial Guyanais* senkrecht eine grüne Wand empor – der Urwald. Ein Schritt hinein, und diese Hölle nimmt dich gefangen.« Schach hat sich den kleinen Tisch neben Sandras Platz zurechtgerückt, wo er alle Akten, derer er habhaft wird, mit farbigen Karos markiert, was seiner Theorie nach dafür Sorge tragen wird, sie klar voneinander unterscheiden zu können, mit wiederum der Folge, jede einzelne davon allzeit aufzufinden. Nach dessen Mittagspause, von der Zabel leicht angetrunken zurückgekehrt ist, hat Walter ihn auf den wenig glücklichen Einfall angesprochen, diesen Exlegionär in der Firma zu beschäftigen. Mirko hat ihn verärgert angesehen: »Aber wohnen lasst ihr ihn bei euch?« Er glaubt immer noch, dass Walter (der noch nicht mal weiß, worum es sich dabei überhaupt handelt) die Akte verschludert hat, die nie wieder aufgetaucht ist. Anscheinend geht es darin irgendwie um das Shampoo, in das Mirko ganz vernarrt ist. Was denn dagegen einzuwenden sei, fragt er Walter, wenn einmal für Ordnung gesorgt werde bei ihnen – ruhig mit etwas militärischem Schliff. Und wenn alle »Dossiers« farbig bemalt sind, wie geht es dann weiter? Mit Waffenkunde? Immerhin verfügt René jetzt über ein eigenes Einkommen – Trixi hat sich angewöhnt, ihn so zu nennen, und lässt sich umgekehrt auch mit Vornamen von ihm ansprechen. Walter ist geschwächt genug, es ihr gleichzutun. Nun kann der Bursche allerdings wirklich ausziehen. An diesem Morgen sind sie zusammen im Auto zur Arbeit gefahren. Nachdem sie die Agentur betreten hatten, verschwand der Legionär sofort in die Küche. Sandra rief ihm hinterher, sie wolle auch einen Kaffee, und Walter war nur froh, als er die Tür hinter sich schließen konnte. Kurz darauf rief Cora an und fragte, ob sie mit ihm rasch über ein paar Ideen sprechen könne.

Eine Rolle unter dem Arm, kommt sie jetzt in Walters Büro, vom Flur schwappt die sächsische Stimme des Soldaten mit herein, der mit Tondorf übers Radfahren fachsimpelt: »Wer außer Täve Schur hat denn Vergleichbares erreicht, Rüdiger, wenn du ehrlich bist: Nicht bloß Straßenrad-Weltmeister, Friedensfahrt-Gewinner, sondern Volkskammerabgeordneter – und dann auch noch im BRD-Bundestag. Phänomenal!«

»Erzähl das Maurer mit seinem Rennrad«, meint Tondorf. Walter hält sich die Ohren zu, bis Cora die Tür hinter sich geschlossen hat.

»Was redet denn der neue Mitarbeiter da?«, sagt sie und registriert, wie blass Walter aussieht. »Kannst du dir vorstellen, was Mirko sich davon verspricht?«

»Muss er dir selber erklären, keine Ahnung.«

»Ich denke, der logiert sogar bei euch.«

»Frag mich nicht warum«, murmelt Walter und langt nach der Rolle mit den Entwürfen in ihrem Arm. Das Papier duftet leicht nach Maiglöckchen. »Gutes Parfum benutzt du«, sagt er und vertieft sich in die Blätter. Nach einiger Zeit möchte er Bava hinzuziehen und greift zum Telefon.

Der nimmt nicht ab, also sucht Cora ihn. René Schach hat sich auf die Ecke von Sandras Arbeitstheke gesetzt und hält einen Kugelschreiber zwischen den Fingerspitzen, mit dem er in die Luft schreibt, dazu liest er laut mit: »…ganz einfach: Dossiers Abteilung Rot, Unterabteilungen Rot-Blau, Rot-Gelb, Rot-Grün …«

Bava steht neben dem Kühlschrank im Konferenzraum und hält ein mit Eiswürfeln gefülltes Taschentuch an seine Stirn, wie immer, wenn er Kopfschmerzen hat, und dann ist ihm egal, dass Wasser über sein Gesicht läuft und sein Hemd nass macht. Ganz in seiner Nähe sitzt Mirko, zwei Stühle weiter Edgar Maurer. Aller Blicke sind an den Bildschirm eines Laptops geheftet, auf dem Edgar demonstriert, wie er sich die Umsetzung von Mirkos Idee mit den Kahlköpfen als Reklame für ein Shampoo vorstellt.

»*Zéro*«, schwärmt Zabel. »Bau das aus für nachher.«

Von der Tür her gibt Cora Osvaldo ein Zeichen, dass er sich danach bei Walter melden soll. Er nickt. Sie verschwindet wieder und nimmt für sie beide Kaffee mit zu Walter hinein. Sie klären noch ein paar Einzelheiten, warten in erster Linie aber auf Osvaldo, von dem man annehmen darf, dass er die Kosten einigermaßen abschätzen kann, die auf die Agentur zukommen, wenn sie den stillgelegten Bonner Regierungstunnel in der Eifel öffnen und für Dreharbeiten und Fotos so herrichten lassen, wie Coras Skizzen es vorsehen. Bleibt das überschaubar, wird es schwer für andere, dort den Hebel gegen diese ganze Richtung anzusetzen, um sie erst zu erledigen und dann auszuweiden. Übrigens, und Walter findet das intelligent, schlägt Cora vor, auch diesmal wieder neben Zeitschriftenanzeigen auf eine Folge von Fernsehspots zu setzen – auf ein Medium, das weniger Begabte dank *Internet, Facebook* und *Twitter* voreilig der Vergangenheit zurechnen.

Plötzlich dringt lautes Geschrei aus dem Flur. Dann fliegt die Tür auf, und Mirko stampft herein: »Wer hat diesen Lump reingelassen?«, brüllt er mit Schweißperlen auf dem Schädel. »Lässt erst die Akte verschwinden – frag mich nicht wie – und behauptet dann, er räume hier auf. Kampagnenspionage, darum geht's!«

Schach hat sich hinter Zabel aufgerichtet: »An Ihrer Stelle wäre ich vorsichtiger. Was wollen Sie überhaupt? Jeder bei der Legion hat diesen Kahlschlag, genau wie auf den Fotos dort. Und der heißt nun mal *Boule à zéro*. Das ist Fakt. Wenn Sie hier hinter dem Mond leben, ist das Ihr Problem.«

»Stiehlt mir den Einfall, um ihn irgendwo zu verscherbeln, und glaubt, das fällt nicht weiter auf, da gehen wir großzügig drüber hinweg, wenn er reichlich Mist erzählt vom Söldnerdasein, oder was weiß ich. Schafft ihn raus, ich kann ihn nicht mehr sehen! Und dir, Walter, rate ich, uns ja keinen weiteren Maulwurf in den Bau zu setzen.«

Ohne Hast und einen Anflug von Erregung angelt Schach seine Jacke vom Haken, verstaut Tabak samt Hanfpapier im Campingbeutel und haucht Sandra durch die Luft einen Kuss zu, bevor er die Tür hinter sich ins Schloss fallen lässt.

Walter atmet auf. Wenn sie René Schach jetzt auch noch zu Hause loswerden, kann man sich vielleicht endlich wieder um die Arbeit kümmern. Auf dem Weg zur Nachmittagslage sieht er kurz bei Cora vorbei. Sie schaut fragend auf, wirkt aber wenig überrascht, als er hinter sich die Tür schließt und ohne Umschweife zur Sache kommt: »Kann ich auf dich zählen?« Falls er eine eigene Agentur gründen wolle, hätte er sie gerne dabei, sagt er. Ihre Ideen passten zueinander, sie ergänzten sich zu einem klaren Profil.

»Natürlich«, sagt sie knapp.

Walter nickt und geht. Im Besprechungszimmer steht Maurer neben seinem Laptop vor den anderen und klappert mit den Schienen im Gebiss, während er die *Zéro*-Reklame erläutert, wie sie Zabel und ihm vorschwebt: eine Abfolge aufgedrehter Texte und bonbonfarbener Bilder.

»Wo ist denn Mirko?«, Walter dreht sich zu Sandra um.

»Auswärtstermin. Äußerst wichtige Russen. Er meint, es könnten die lukrativsten Aufträge seit Jahren herausspringen – wenn er sie gewinnen lässt.«

»Gewinnen lässt?«

»Golf. Ihr sollt einfach ohne ihn weitermachen. Edgar hat Mirkos Shampoo-Konzept ohnehin so weit ausgearbeitet, dass jetzt ihr anderen am Zug seid, sagt der Chef.«

Und die Klärung, die ansteht? Tomm sitzt mit dem unbefriedigenden Gefühl in seinem Büro, dass nichts vorangekommen ist. Ob es klug war, mit Cora schon über mögliche Konsequenzen zu sprechen, wenn sich nicht bald etwas tut? Weshalb hat er sich in ihre Hand begeben? Das Zirpen des Telefons holt ihn aus dem Sumpfland verzagter Melancholie zurück. Auf dem Display sieht er Trixis Namen und nimmt ihren Anruf entgegen. Sie scheint verwirrt und fragt ihn: »Was habt ihr in der Agentur mit René Schach angestellt?«

Walter räuspert sich. Wer das sei, *ihr?* Mirko habe Schach gefeuert, wegen Illoyalität. Das sei alles.

Walter hätte das nicht zulassen dürfen, sagt sie aufgebracht, wieder einmal werde Schach wie ein Taugenichts behandelt, noch ehe er überhaupt habe zeigen können, was in ihm steckt.

Von seiner Erleichterung über diese Entwicklung lässt

Walter nichts durchscheinen, sonst würde sie sich noch mehr aufregen. Um sie zu beschwichtigen, behauptet er sogar, auch ihm tue es ja leid für Schach, aber es habe keinen Spielraum gegeben, Mirkos Entscheidung zu beeinflussen.

Überall sei Raum, einen zu verteidigen, der ohne eigene Schuld immer neu verurteilt werde, einen aussichtslosen Kampf auszufechten, bei dem seine Niederlage schon vor Beginn feststehe.

Woher sie denn eigentlich schon vom Vorgefallenen wisse, fragt Walter.

Schach sei mit seinen paar Habseligkeiten, die er aus der Wohnung geholt habe, bei ihr im Studio gewesen, um ihr den Schlüssel zurückzugeben und sich zu verabschieden. Natürlich habe sie versucht, ihn von seinem Entschluss abzubringen. Nicht allen sei egal, was mit ihm geschehe. Er habe sie nur angesehen, tiefe Traurigkeit in seinen Augen … Ihre Stimme bröckelt leicht und legt ihre südtirolerische Schicht frei. »Das kotzt mich alles an«, sagt sie, als sie sich wieder ganz im Griff hat, »jeder, der nicht ins Schema passt, wird aussortiert, entweder Norm oder Ausschuss. Ich kenne die Mentalität auch, die dahintersteckt – von den Fernsehleuten. Aber da täusche sie keiner: Meinen Lindner-Film mache ich, das verhindert niemand.«

Ihre Art, die Sache zu sehen, ist irritierend. Es spricht Sympathie für Schach aus ihren Worten und wie sie gesagt worden sind – mindestens das. Ist vorstellbar, dass er gar nicht mitbekommen hat, wie sich da etwas angebahnt hat? Vom ersten Tag an, als die beiden vertraut plaudernd von ihm in der Küche überrascht wurden, gab es ja ein seltsames Einverständnis zwischen ihr und diesem Soldaten.

Walter ist müde, sein Kopf heiß. Jetzt ist der Kerl Gott sei Dank weg, denkt er und legt die Wange auf die kühle Glasplatte.

Die abstrahierten Figuren auf dem karierten Brett haben sich jetzt auch noch der Trennung in Weiß und Schwarz entledigt, um ihn fertigzumachen. Um ihn aus dem Spiel zu drücken, seine Stellung einzunehmen. Unerträglichkeit quetscht seine Brust zusammen. Rasender Puls scheint ihm die Stirn zu spalten. Ein undurchschaubares Gewoge grauer Bedrohung. Walter fasst sich ins Gesicht und spürt Pappe. Da hat ihm einer im Kampfgetümmel mit miesen Methoden von hinten eine falsche Nase umgebunden. Schweinerei. Existieren üblere Tricks? Aber nicht mit ihm, Boss Mohnerlieser. Firmengroßboss Dirk Amy Mohnerlieser! Der Clown lächelt souverän.

Was gilt ihm ein Brett? König – wer soll das sein? Mögen sie selber im Dutzend die Könige ihrer kleinkarierten Spiele abgeben. Längst ist er wieder Herr der Lage: Hier kann die Kleine ihn mal besuchen, an seinem Chefschreibtisch, groß und weiß wie ein Bett. Sein Blick streicht versonnen aus dem Fenster des Fabrikantenbüros. Hoppla, da ist sie ja schon! Lächelt ihm lasziv ins Gesicht, den Morgenstern ihrer Begierde hoch erhoben – doch da bricht es aus ihr hervor. Sie schüttelt sich, sie kann nicht mehr. Ihre Hand, die Waffe hat sie fallen gelassen, zeigt auf Mohnerlieser, so als ob es da etwas zu lachen gäbe an ihm. Gut. Dann soll sie ihn so kennenlernen, dass ihr das Lachen im Hals steckenbleibt. Er wird sich ihr mit solcher Gründlichkeit vorstellen, dass ihr Gelächter in Schreie münden wird: Schreie der Lust, Schreie der Überwältigung! Schreie der Verzückung vor Übermächtigung durch ihn, den Boss, Dirk Amy Mohnerlieser.

Die Glasplatte hinterlässt scharlachrote Inseln auf Wange und Schläfe, aber ihm ist, als glühten sie tief hinein in den Kopf. Mit einem Spaziergang durch die frische

Abendluft sucht er Ordnung in seine Gedanken zu bringen, zu Hause wird Trixi genau wissen wollen, was sich in der Agentur zugetragen hat.

Sie hört ihm ohne merkliche Regung zu. Am Ende sagt sie nur: »Jetzt hast du ja erreicht, was du wolltest.«

»Das war leider gar nicht ich, aber der Rest könnte stimmen«, entgegnet Walter gut gelaunt wie lange nicht. Dann wirft er einen Blick ins Gästezimmer, wo nichts Fremdes mehr stört, nur einen Strauß Nelken hat Schach zurückgelassen.

»Einen Tag länger, und ich wäre wirklich wahnsinnig geworden«, singt Walter fast, als er zurückkommt. Trixi hört ihn nicht, sie hantiert in der Küche mit Tellern und Gläsern fürs Abendessen. Intensives Obstroma weht herüber.

»Hast du hiesige Äpfel gekauft?«, ruft er.

Keine Antwort, nur ein eigentümliches Gluckern ist zu hören. Er sieht nach. Trixi steht über den Abguss gebeugt und schüttet gerade die zweite Flasche Calvados hinein.

Die Picasso-Hose

Zu den unerklärlichen Ärgernissen des Lebens zählt Walter Tomm den stets erneuerten Widerspruch zwischen feinsten Baumwoll-T-Shirts und den wie Messer in den Nacken schneidenden Etiketten aus synthetischen Fasern, mit denen sie versehen sind. Ab und zu gibt es nur eine Lösung, nämlich die Schere zu nehmen und die eingenähten Folterwerkzeuge zu entfernen – auch auf die Gefahr hin, das Trikotgewebe zu durchlöchern. Eine Qual weniger. Heute hat er sich nach längerer Unentschlossenheit vor dem Schrank schließlich für seine Picasso-Hose entschieden. Vielleicht handelt es sich um ein gutes Zeichen, er hat sie lange nicht getragen. Die markanten Karos verlangen, dass man sich ziemlich sicher auf den Beinen fühlt. Er nennt sie so, weil er sie nach dem Vorbild einer Hose schneidern ließ, die Picasso auch schon einem anderen, nämlich Courbet, abgeschaut hatte, der auf einem Selbstporträt darin mit seinem Hund Nero zu sehen ist. Das Beinkleid zweier Kraftprotze. Ihm steht es gut: hellblaue Linienkaros auf sandfarbenem Grund. Er ist von Trixi einmal in seiner Courbet-Picasso-Hose fotografiert worden, Bob sitzt auf dem Bild neben ihm, stolz eine breite dunkelrote Schleife um den Hals.

Wie eine Erleuchtung ist ihm an diesem Morgen der Umstand ins Bewusstsein getreten, dass der Brief des Professors, der seine Glaubwürdigkeit klarstellt, wahrscheinlich doch überhaupt noch dort liegt – sicherlich ramponiert, aber existent. Er erinnerte sich, wo ungefähr das sein musste. Also ist er vor der Arbeit in den Wald gefahren, um nachzusehen. Dort oben allerdings, wo alles gleich aussieht im trostlosen Einerlei der Stämme und Wipfel, hat er bald gemerkt, wie aussichtslos es ist, nach einem zusammenge-knüllten Wisch im Unterholz zu suchen. Es führt kein Weg daran vorbei: Er muss sich eine Kopie besorgen – vom Ur-heber Maier. Anfangs bildete er sich noch ein, bei nächster Gelegenheit einfach so, ohne das Beweisstück, mit Trixi über die ganze Sache zu sprechen und das kleine Pro-blem – wenn man denn unbedingt eines darin sehen will – auszuräumen. Mehr lag nicht vor, bloß dass er sich in Wahr-heit bei Maier im Institut aufhielt. Na und? Was war dabei? Aber wie sich gezeigt hat, ist es unmöglich: Man kann nicht darüber sprechen. Wenn sie nur einmal über alles reden könnten, so wie früher, was bliebe übrig von all den Irrita-tionen, die sich zwischen ihnen wichtig machen? Dieser blöde Brief zum Beispiel, über den sie sich zusammen schieflachen könnten. Der Brief. Der hat die Nadel aus der Rille tanzen lassen. Walter muss ihn Trixi unter die Nase halten: Und nun etwas mehr Vertrauen, wenn ich bitten darf!

Nachrichten ziehen über den Computerbildschirm, eine unwichtiger als die andere; vielleicht ist er auch nur außerstande aufzunehmen, was sie bedeuten. Wenn Trixi etwas nicht mitbekommt, wie zum Beispiel die ökonomi-sche Krise, die gerade der Welt die Gurgel zudrückt und ihn an seine Grenzen bringt, liegt es schlichtweg daran, dass sie sich einfach nicht stören lässt. Der Film über die-sen Maler, den sie sich in den Kopf gesetzt hat, gibt sie ihr wieder, diese ganz erstaunliche Unabhängigkeit und Standfestigkeit. Walter weiß nicht viel über Richard Lindner. Was er aber wahrgenommen hat, erscheint ihm unattraktiv. Irgendwann wird sie ihm ihren Film vorführen – und er wird so etwas wie Stolz auf sie empfinden. Bis dahin ist es ihre Idee, ihr Stoff, aus dem er sich heraushält. In dieser Hinsicht ist sie nämlich (wenn man weiß, wie es zu machen ist) durchaus verletzbar. Deshalb würde er ihr nie auch nur andeutungsweise zu verstehen geben, welch traurigen Eindruck all die halbnaiven Darstellungen grotesk übertriebener Körperlichkeit auf ihn machen. Es ist für Walter überhaupt kein Rätsel, warum niemand bisher Interesse an dem Film gezeigt hat – aber auch das würde er sich Trixi gegenüber niemals erlauben anzudeuten. Umgekehrt macht sie deutlich weniger Umstände. Am Bildschirmrand wird eine frische E-Mail angezeigt:

✉ »Neu eingetroffen:
Sonderposten Spritzfliegen, 100 Stück ab Lager 632 €, 500 Stück 3278 €, 1000 Stück 6763 €!!«

Walter greift zum Telefon und erreicht ohne Umstand sofort Professor Maier. Er wird ihn aufsuchen, um über seine Darbietung zu sprechen. Dass er vorhat, bei dieser Gelegenheit eine Kopie des Briefs mitzunehmen, kündigt Walter noch nicht an. Vielleicht findet sich ein Weg, die Peinlichkeit zu begrenzen, wenn er die Bitte überraschend und nebenhin äußert.

Er wählt die längere Strecke um den kleinen See herum. Ihm ist eingefallen, dass er Maier wohl irgendetwas präsentieren muss. Noch ist er nicht dazu gekommen, darüber nachzudenken, was er ihm überhaupt erzählen kann, um ihn in die Stimmung zu bringen, den Brief herauszurücken, und ihn glauben zu machen, dass bereits an der Performance des Clowns zur sensationellen Präsentation ihrer neuen Rechenformel gearbeitet wird – des Clowns, der die Lösung eines unbegreiflichen Landkartenproblems so zu verkaufen versteht, dass es wie eine Granate einschlägt und nicht als theoretische Randglosse eingeklemmt zwischen den Kolumnen einer Fachzeitschrift krepiert. Mit Getöse landen Enten quakend auf dem See. So ungefähr könnte er es ihm sagen, ohne zuviel in Einzelheiten gehen zu müssen. Im Kreis schwimmend sorgen die Vögel dafür, dass die Wasseroberfläche sich kräuselt und sein Spiegelbild zu tanzen beginnt. Ich soll das sein? Er wendet sich ab und geht zum Stadtzentrum zurück. An diesem Vormittag türmen sich an den Marktständen gelbgrünlich glänzende Riesenpampelmusen, für die sich niemand besonders zu interessieren scheint, auch wenn sich an jede Frucht ein rotes Netz schmiegt wie der Strumpf einer kambodschanischen Kokotte. Dem Söldner hätte das gefallen, denkt er, aber der ist Gott sei Dank nicht mehr da. Menschen branden auf ihn zu, ein junger Mann nähert sich mit einem Becher Kakao in der Hand und verschüttet ihn dann prompt über seiner karierten Hose. Fahrig klaubt der Tölpel fünf Euro »für die Reinigung« aus dem Portemonnaie, aber Walter zieht nur verächtlich einen Finger unter seiner Nasenspitze entlang. Im selben Augenblick schämt er sich dafür – das ist doch nicht mehr er.

Bleistift

Tobias Knabe klingelt eine halbe Stunde später als verabredet. Ein schwerer Mann ächzt die schmale Treppe hinauf und stellt zunächst seinen Rucksack ab, bevor er Trixi die Hand reicht: »Immer aufschlussreich, mitzubekommen, wie es bei den Autoren aussieht. Gerber hat kräftig die Trommel gerührt für Ihr Projekt. Schade, dass er keine Zeit hat.«

»Er hat heute Abend eine Premiere in Zürich.«

Am Himmel draußen ziehen schwarze Wolken auf, die den Hof von oben her verschließen. Der Redakteur fragt, ob er rauchen darf. Sie weist auf ihre Zigaretten und schiebt den Aschenbecher in seine Richtung. Vor beiden steht eine große Tasse mit Kaffee, ein Teller mit etwas Gebäck, für den Fall, dass er nach der Bahnfahrt Hunger hat. Aber er stopft nur kurzatmig seine Pfeife, ein eckiges, hängendes Stück aus geriffeltem schwarzem Holz, die Spitze des Mundstücks hellgelb verkrustet, schaufelt mit geübten Fingern ohne hinzusehen den Tabak aus dem Beutel in den Pfeifenkopf hinüber und erklärt, dass er leider keinen Kuchen vertrage: nur noch ein Viertel Magen. Käsegebäck schon gar nicht. Geschwüre. All der Ärger mit Leuten, die voller unausgegorener Ideen zu ihm kommen und nur in monatelanger Kleinarbeit dazu gebracht werden können, herauszufinden, was sie eigentlich wollen. Falls es gelingt. Den anderen, die sich nicht auf ein konstruktives Miteinander einzustellen vermögen, klarzumachen, dass sie die ganze Sache vergessen müssen, dauert manchmal noch länger.

In Stößen bläst er durch die Nasenlöcher Rauch aus. Trixi riecht den Tabak gern. Wenn keine Zigarette in seinem Mundwinkel hing, hat ihr Vater auch Pfeife geraucht. Den Fotoapparat hielt er in der einen Hand und das qualmende Holz in der anderen. Sie ließ sich von ihm die leeren *Early Morning Pipe*-Dosen geben mit der gelb strahlenden Sonne und dem krähenden Hahn auf dem hellblau lackierten Blech. Zu kostbar erschienen sie ihr, was konnte man darin nicht alles unterbringen, das sonst wild herumflog. Aber was herumflog, waren nur die vielen Dosen, aus denen der aromatische Duft des Tabaks aufstieg, auch wenn sie längst leer waren, man brauchte nur den Deckel abzuschrauben.

»Es hat übrigens eine Weile gedauert, bis mir ganz bewusst wurde, wieviel Stoff sich hinter dem Namen Richard Lindner verbirgt«, versucht Trixi loszulegen.

Der Redakteur weist auf das Exposé, das er inzwischen aus dem Rucksack genommen hat und dessen Seiten voller Bleistiftanmerkungen sind. Was mag nur zu den vielen Strichen und Randnotizen geführt haben, fragt sie sich.

»Ich will nicht lange herumreden, Frau Ghedina. Es gibt gute Ansätze in Ihrem Entwurf, keine Frage. Und ich sage so etwas eigentlich nicht sehr oft. Ohne diese vier, fünf wirklich produktiven Ideen säßen wir jetzt gar nicht zusammen. Ich habe genug um die Ohren, und Ihnen fehlt es sicher auch nicht an Beschäftigung. Und genau das verführt einen dazu, um die eigene Achse zu rotieren – verstehen Sie? Der Bezug nach draußen fehlt. Rote und blaue und schwarze Filzstiftlinien, Zettel und Bildchen und viel farbiges Klebeband – all das tut so, als wäre da schon etwas. Ist es aber nicht. Ich vermisse die Meta-Ebene.«

Nach dieser kurzen Einleitung legt er eine Pause ein, nippt am Kaffee, um dann flach atmend einen ganzen Schwarm kleiner Rauchwölkchen auszustoßen wie eine anfahrende Dampflokomotive. Auch er nimmt wieder Fahrt auf: »Schauen wir einmal auf diese Idee mit der Nazizeit. Frau Ghedina, das wissen wir langsam, die Türen, die sie einrennen wollen, stehen hier bei uns in Deutschland – entschuldigen Sie – sperrangelweit offen, und nicht erst seit gestern.«

Trixi will einwenden, dass es sich um keine Idee dabei handelt, sondern um die Biographie des Künstlers. Aber schon spricht Knabe weiter: »Damit sind wir beim nächsten kritischen Punkt. Richard Lindner. Ein Maler – vielleicht ein guter, möglicherweise auch ein weniger guter.«

»Ich kann das unterscheiden, glaube ich.«

»Wir müssen immer versuchen, der Beliebigkeit subjektiver Urteile entgegenzuwirken.«

Trixi schaut ihre Hände an. Die Adern zeichnen sich deutlich ab. Knabe sagt nichts, auch sie schweigt, vom Hof dringt laut das Radio herauf. Obwohl sie sich eigentlich geschworen hat, eben das niemals zu tun, ist sie schon ein paar Zentimeter von ihrem Stuhl aufgestanden, um endlich einmal etwas Passendes aus dem Fenster hinunterzurufen und unmissverständlich mehr Ruhe zu erbitten.

Der Redakteur kommt ihr zuvor, indem er sie ansieht: »Als ich vorhin gekommen bin, bemerkte ich da unten zwei junge Leute, die irgendwie an der Arbeit waren«, er spricht mit leiser Stimme, stößt zahllose kleine Rauchwolken dabei aus. »Malocher. Ist ja ganz egal. Muss einem nur auffallen. Die hören Musik – ihre Musik. Und jetzt erkläre ich Ihnen, wie ich es sehe: Für die da unten haben wir unsere Filme zu machen, für niemanden sonst. Schon gar nicht für uns selber. Die haben ein Recht darauf, verstehen Sie? Auf die Wahrnehmung durch uns, auf Themen, die sie etwas angehen. Meinem Eindruck nach kommen wir so nicht zusammen. Denken Sie einmal in Ruhe über unser Gespräch nach. Es gibt ein paar gute Ansätze in ihrem Exposé, die es lohnend machten, neu an die Sache heranzugehen. Dann soll Gerber sich wieder melden.«

Trixi lacht und wippt mit dem Stuhl. Nach einer Pause steht sie auf und gibt Tobias Knabe die Hand. Warum ist er zu ihr gekommen?

Sobald er fort ist, greift sie zum Telefon. Pavol Schuster sitzt gerade im Auto. Oft genug hat er zu erkennen gegeben, dass er als Kameramann den Film mittragen will, so wie sie ihn plant. Hauptsache, es geht bald los, die Bezahlung kann notfalls warten. Das bekräftigt er jetzt unmissverständlich, auch wenn die Funkbrücke zwischen ihm im sonnendurchfluteten Wagen auf der A 1 bei St. Pölten und ihr hinter dem wolkengrauen Fenster zum Hof nur schwach und krächzend steht. Das langt. Pavol ist sofort einverstanden, sich mit ihr zu treffen, sobald er zurück ist. Fast unwirklich nach den Rückschlägen und deprimierenden Diskussionen, die sie in der letzten Zeit erlebt hat: Pavol kann es kaum abwarten, wieder mit ihr zu drehen. Sie nimmt einen Lappen, wischt energisch über verschmutztes Glas und wählt Bruno Gerbers Nummer.

Der trinkt gerade im *Café Schwarzenbach* in Zürich einen Tee. Ohne Umschweife kommt sie auf sein mehrfach wiederholtes Angebot zu sprechen: Bleibt es dabei? Leiht er ihr, was sie für die Herstellung des Films benötigt?

Gut – er werde also Monika in der Produktion verständigen, sagt Gerber knapp, wie es jetzt weitergehe. Trixi könne dann alles weitere mit ihr besprechen. »Das wird schon«, ermutigt er sie gelassen. Und überrascht, weil sie derlei nicht mehr gewohnt ist, hört sie noch sein »Viel Glück!«.

Bevor sie nach New York und Paris fliegt, ist einiges in Erfahrung zu bringen, auch wenn sie eigentlich präpariert ist – sie wird Monika bitten, mit der *Produktion Gerber* im Rücken schon einmal Drehgenehmigungen zu besorgen und Kosten abzuklären, die Liste hat sie fertig. Als erstes wird sie aber nach München fahren, um sich an Lindners letztem Wohnort vor seiner Flucht aus Deutschland umzusehen. Und Walter? Walter in seinem Kartenhaus aus Lügen und Befürchtungen muss jetzt für sich selbst sorgen. Es hat keinen Sinn, länger so zu tun, als sei alles beim Alten. Sie haben sich voneinander entfernt. Wie weit, das wird sich besser ermessen lassen, wenn Rituale und Alltagsfloskeln nicht mehr den Blick verstellen. Er soll sich um Bob kümmern, wenn sie in München ist – und im Übrigen tun und lassen, was er will.

Die Gründerzeitfassaden der Häuser, an denen sie auf dem Heimweg vorbeikommt, scheinen aus buntem Plastik gegossen, der dicke Acrylfarbenanstrich macht aus jeder scharfen Linie eine teigige Rundung. Hinter der Mauer des Botanischen Gartens frisst sich mit näselnder Hartnäckigkeit eine Motorsäge durchs Gebüsch. Zu Hause kommt Bob aus irgendeinem Versteck und streicht um ihre Beine, er ahnt, was sich vorbereitet. Trixi nimmt den blutigen Plastikbeutel aus dem Kühlschrank und schneidet

etwas Rinderherz für den Kater auf, der sich sogleich op-
timistisch über die Extramahlzeit hermacht, wenn das
Fleisch auch nicht mehr allzu frisch ist. Dann packt sie
schnell und routiniert, ruft ein Taxi und bittet den Fahrer,
Gas zu geben. Der ICE fährt um 17.32 Uhr, den will sie
noch erwischen.

Unwetter

Walter schaut zum Himmel. Lange kann es nicht mehr dauern, bis der Regen einsetzt – um dann wahrscheinlich so bald nicht wieder aufzuhören. Die goldenen Tage dieses Herbstes sind vorüber. Noch bleibt genügend Zeit bis zur verabredeten Stunde, er kann in aller Ruhe zurückgehen, den Wagen holen und zum *Institut für Diskrete Mathematik* fahren. Einem Sturzguss vermag sein Regenmantel wenig entgegenzusetzen, er wirft ihn auf die Rückbank. Intensiv duftend kündigt das Leder der Sitze das Unwetter an. Er schaltet die Scheinwerfer ein und fährt los. Ein Blick auf die Uhr macht klar, dass er noch immer viel zu früh ankommen würde. Bei einer Kirche unterbricht er die Fahrt, um einen Augenblick nachzudenken. Noch hat er keine Ahnung, was er Maier überhaupt sagen will zum Auftritt dieses Clowns, den der von ihm erwartet. Vielleicht gibt es auf der Kirchenbank ja Hilfe von oben. Wenn er am Abend mit dem Brief nach Hause kommt, wo nun auch kein Fremdenlegionär mehr herumlungert, kann Trixi nicht (so wie sonst) tun, als sei sie auch diesmal im Recht – als sei sie überhaupt prinzipiell begünstigt vom Naturrecht. Der Brief beweist nämlich das Gegenteil. Er bietet den festen Punkt, damit sie sich nach und nach ihr gemeinsames Leben zurückerobern, aus dem Bann subjektiver Wahrnehmungen heraustreten und über alles so wie früher miteinander reden können. Diese furchtbare Zeit der Sprachlosigkeit und der Missverständnisse zwischen ihnen wird ein Ende haben!

Die alten Mauern der Kirche *St. Cyriakus*, so steht es auf dem Schild am Eingang, sind einem Märtyrer aus frühchristlicher Zeit geweiht, einem Geistlichen, der außerdem Arzt und obendrein Exorzist war. Andere Zeiten, andere Möglichkeiten, dessen Brust mochte gleich mehreren Seelen Platz geboten haben. Die Identitäten eines Erfahrungswissenschaftlers, eines Priesters und obendrein auch noch Teufelsaustreibers lassen sich kaum deckungsgleich übereinanderlegen, heutzutage hat man Mühe, eine einzelne geordnet unterzubringen. Letzten Endes erwartete allerdings auch jenen Cyriak dann, wie da zu lesen ist, sein Martyrium mit siedendem Öl und so weiter – Walter fährt sich mit dem Finger in den Kragen.

Trixi wirft ihm vor, sie lasse sich nicht fallen, weil sie nicht sicher sein könne, von ihm aufgefangen zu werden. All sein Bemühen also – bedeutet gar nichts. 99-prozentige Sicherheit nichts? Er muss sich jeden Tag von ihr das simple (leider nicht von ihm erfundene) Gesetz in Erinnerung rufen lassen, nach dem ein einziges schwächeres Kettenglied alle anderen, mögen sie noch so stark sein, zum Scherzartikel macht. Was aber, wenn das gar nicht stimmt? Wenn sie nicht nur im Fall dieses Briefes danebenliegt, sondern überhaupt, fundamental? Was braucht das Herz? Ist eine solche überzogene Forderung nach absoluter Sicherheit nicht eigentlich lieblos? Kommt es Trixi nicht in Wahrheit darauf an, mit dem Finger auf ihn zu zeigen? Ist das nicht der Generalschlüssel, den sie sich verschafft hat, mit dem sie jede aus gutem Grund versperrte Kammer in seiner Seele aufschließt, wie es ihr gerade passt, um alles dort zu inspizieren und zu bewerten, ganz nach Belie-

198

ben und Bedürfnis? Bei anderen ist Trixi bereit, nahezu alles zu entschuldigen und jede Unzuverlässigkeit zu dulden.

Die schweren Mauern der Kirche ruhen in sich. Noch eine Viertelstunde, und nach wie vor ahnt er nicht, womit er Maier einen Vorgeschmack auf seine angeblich bevorstehende Clownsgala geben soll. In die Stille hinein nehmen irgendwo Handwerker die Arbeit auf. Unter dem Bohrer, der sich in die dicken Steine quält, beginnt das Bauwerk zu singen, übergangslos springen die Töne. Aber was hat das mit Maiers Farbenproblem zu tun? Die hölzerne Bank, auf der Walter Platz genommen hat, ist übersät mit eingekerbten Schriftzeichen, Daten aus einem halben Jahrtausend, die ihn in ihrer Mitte aufnehmen, als sei auch er eigentlich auf den Tag seiner Geburt, den seiner Hochzeit mit Trixi und seinen ihm noch verborgenen letzten reduziert. Unerkennbar vielleicht für ihn, nicht aber für die Vorsehung, die hier zu Hause ist. Das Kirchenschiff ist von einer eigenen Wirklichkeit erfüllt, und die Frage, wie es angeht, dass dieser fanatische Mathematiker einfach über Walters reale Person hinweggehen kann, um sich direkt an den ekelhaften Clown zu wenden, der doch lediglich durch seine Albträume spukt, stellt sich hier drinnen nicht mit derselben Schärfe wie draußen.

Sein Mantel liegt auf der Autorückbank, zwischen der und der Kirche regnet es in Strömen. Er wartet im Eingang, vielleicht schwächt sich der Wassersturz ja ab. Mit Bestimmtheit nähert sich dem Portal eine Nonne unter ihrem schwarzen Schirm und schüttelt ihn, bevor sie im Kircheninnern verschwindet, durch heftiges Öffnen und Schließen so aus, dass die Tropfen nun von der Seite her auf Walter zuschießen. Er denkt ans Büro, an neue Fernsehspots für eine Bank, die kürzlich nur durch staatliche Milliarden davor behütet wurde zu kollabieren. Acht kurze Filme – für jedes Geschäftsfeld einen – hat Cora skizziert. Erst kommt ein Banker im Maßanzug ins Bild, dann wird im digitalen Trick die Windmaschine angestellt, und all seine Attribute gehobener Selbstdarstellung lösen sich nach und nach von ihm ab, bis am Ende ein gerupfter Vogel übrigbleibt, der die Hand wie ein Bettler ausstreckt: Bittebittebitte! Genial, was das Mädchen zu bieten hat. Wieviel Zabel davon übriglassen wird, daran darf er nicht denken.

Der Regen will nicht nachlassen. Walter fühlt auf einmal das ganze Gewicht, das auf ihm lastet. Aber jetzt muss er los. Die Hände als Dach über dem Kopf, läuft er zum Auto und fällt durchnässt hinter das Steuer. Die befleckte Picasso-Hose, die Wildlederschuhe, aus allem sickert Wasser. Vom Armaturenbrett bedeuten ihm leuchtende Ziffern, dass er die Fahrt zu lange unterbrochen hat. Er muss den Professor ein wenig warten lassen. Jetzt schleicht vor ihm auch noch ein Lastwagen durch die Straße, die zu unübersichtlich und eng ist, um zu überholen. Im Rückspiegel begegnet ihm sein eigenes Gesicht. Er nimmt sich morgens Zeit für die Messerrasur und gibt den Haaren auf seinem Kopf Nahrung in Form einer kostspieligen Tinktur, mit der er sie in Form bringt. Und dann rinnt ihm der Regen aus dem Schopf, und er muss sich in einem Zustand, der ihn unterminiert, bei Maier im Institut blicken lassen. Walter hupt einige Male, weil der Laster immer noch keine Anstalten macht, ihn vorbeizulassen.

In dem Unwetter fällt kaum auf, dass die Dämmerung einsetzt. Als er schließlich eintrifft, hat es sich so verdunkelt, dass im Institut die Lampen eingeschaltet sind – trübselige Kolben, deren graues Licht die Stimmung zu Boden drückt. Er wird nicht die Begegnung mit Maier abwarten, sondern sich als erstes den Brief sichern. Unterschreiben kann der Professor das Duplikat, wenn er in Laune ist, nachdem sie seinen bevorstehenden Auftritt als Mathematik-Clown besprochen haben. Vergisst er es, kann Walter das notfalls auch selber erledigen.

»Hier kommt nichts weg«, antwortet die barsche Sekretärin, als er sie um den Brief bittet, zuerst müsse sie allerdings noch erledigen, woran sie gerade arbeite, dann könne sie suchen. Aber der Professor erwarte ihn schon, er solle jetzt hineingehen.

Er wird ihn bekommen, das ist die Hauptsache! Eine geradezu unwirkliche Erleichterung durchströmt Walter, er vermag sein Glück gar nicht zu fassen. Seit wie langer Zeit eigentlich darf er erstmals wieder erleben, dass nicht automatisch alles konsequent in die falsche Richtung läuft?

Sein vom Regen schweres Jackett ist luftundurchlässig geworden. Walter klopft, drückt schwitzend die Klinke und betritt das Chefzimmer. Der Professor sieht ihn an wie einen Vertrauten. In einem eleganten dünnen Kamelhaarpullover steht er vor dem Zeichenbord, auf das nur ein Wort in sehr großen Buchstaben geschrieben ist: Profi.

»Das ist die schöne Seite meines Berufs«, begrüßt Maier ihn. »Ich habe es nur mit Spezialisten zu tun, die das, was sie vorhaben, auch können. Jetzt bin ich gespannt, was Sie mitbringen.«

Sie setzen sich an den Tisch, auf dem eine Mappe liegt, die *Vom Vierfarbensatz – Beweisführung nach Namura und Haraldsen* überschrieben ist. Zu dieser besonderen Gelegenheit hat der Professor frischen Kaffee in der Plastikkanne.

Da Walter immer noch schweigt, fragt Maier ihn direkt: »Was haben Sie sich überlegt? Wie sehen Ihre Vorschläge für unseren Vierfarbensatz-Event aus, Herr Tomm?«

»Falsch«, sagt Walter nach kurzem Zögern erst einmal, um Zeit zu gewinnen. Er sieht, dass er verloren hat, wenn nicht irgendetwas von außen eingreift. Wie will er den Erwartungen des Mannes hier entsprechen? Der trügerische Vorhang hat sich gehoben und die Tatsache offengelegt, dass er in keiner Weise auf die Situation vorbereitet ist. Er sitzt in der Falle – der Falle, die er sich selbst gestellt hat. Wenn sich nicht irgendetwas ergibt … Was denn? Er fühlt sich, als sei er eines von Trixis Filmbildern, auf denen, wie sie nicht müde wird zu betonen, nichts ist, was sie nicht selbst dorthin gegeben hat. Rein gar nichts stellt sich von alleine ein. Ein Film? Lachhaft, hier im Leben umweht ihn schonungslos das Nichts. Walter sitzt eingesunken schwitzend in seinem wegen verbliebener Spuren des herausgetrennten Etiketts immer noch in den Nacken schneidenden T-Shirt, er sieht zu seiner befleckten, wassertriefenden Hose mit den großen Karos hinab und sagt leise: »Irrtum, Herr Maier. Nicht Tomm. Wer ist Tomm? Il Giocondo, der große Giocondo«, improvisiert er mit gerolltem R, so wie er es von den traurigen Auftritten der Zirkusclowns früher in Erinnerung hat. »Vergleichen Sie mich bitte nie mehr mit einem Dilettanten wie Rivel! Der Mann hatte nicht mehr Humor als ein Elch.«

Maiers Augen versprühen kleine Sterne der Freude. Seine Brauen runzeln sich, als wolle er gleich laut herauslachen. Oder was bringen sie zum Ausdruck? Zweifel? Befremden? Walter erhebt sich aus dem Sessel, um gleich darauf in die Hocke zu gehen. Er hat jetzt sein Jackett verkehrt herum an, mit der offenen Knopfleiste auf dem Rücken, und watschelt mit gebeugten Knien durchs Zimmer.

»Der große Giocondo erklärt euch jetzt den Farbensatz, Leute«, flüstert er, »pssst! Pssssst!«, und legt den Finger an seine gespitzten Lippen. Durch den Spalt unter der Tür zieht es herein. Vor sich hat er das grüne Firmenschild auf dem silber glänzenden Tischbein. Die waffelartige Struktur des Spannteppichs tanzt. Rauten zieren die Socken des Professors, sein braun glänzender Pferdelederschuh knirscht, während der rechte Fuß auf und ab wippt. Bewegen sich die Streifen an der Wand? Auf der Ablage des Zeichenbords trocknet knisternd der Filzstift aus, weil die Kappe daneben liegt.

Walter hat die Lippen noch immer gespitzt, aber mehr will ihm nicht einfallen. Und dann stürzt er in sich zusammen. Ein Lachen bricht aus seiner Brust, das sich nicht mehr beherrschen lässt. Er reißt den Mund auf und brüllt vor Lachen, als läge er auf der Folterbank. Nicht auszuhalten. Er kommt aus dem Lachen nicht mehr heraus.

Maier steht ratlos neben dem Zeichenbord. Ist der Mann hier in seinem Zimmer verrückt? Vielleicht nimmt er Kokain oder Psychopillen. Er hat ihm ein professionelles Kommunikationskonzept versprochen. Der Institutsdirektor versucht, die Gedanken zu ordnen: Erst einmal gilt es, Herrn Tomm so schnell wie möglich zu verabschieden.

Und dann muss man die ganze Sache neu durchdenken. Schon zu viel Staub ist um die bevorstehende Sensation aufgewirbelt worden, irgendetwas muss er sich da einfallen lassen. Vielleicht können Namura und Haraldsen alleine eine neue Art der Präsentation ihrer Beweisführung hinbekommen? Im Vordergrund der ganzen Angelegenheit steht natürlich die Seriosität.

»Interessant, das ließe sich noch weiter ausarbeiten. Ich würde sagen, ich lasse demnächst wieder von mir hören.« Der Mathematiker bemüht sich um äußerste Sachlichkeit und senkt zum Abschied den Blick in seine Unterlagen: »Wir melden uns, sobald der Institutsrat den Beschluss gefasst hat, in welcher Form die Feierlichkeiten gestaltet werden.«

Walter ist aufgestanden, hat sein Jackett in der Hand. Er öffnet die Tür und geht ohne sich umzudrehen aus Maiers Zimmer. Im Flur kommt die Sekretärin hinter ihm her und drückt die Kopie des Briefs in seine Hand.

Wenigstens ist Trixi noch nicht zu Hause. Er zieht sich trockene Kleider an. Draußen regnet es nicht mehr. Walter ist nicht mehr sicher, was eigentlich vorgefallen ist. Gott sei Dank besitzt er den Brief, den er an Maiers Stelle auch selbst unterschreiben kann. Nur nicht gerade jetzt, dazu ist seine Hand nicht ruhig genug. Er legt ihn in seinen Schreibtisch, damit er ihn bestimmt wiederfindet. Jetzt kann er nicht einfach so dasitzen, also verlässt er die Wohnung noch einmal. Da ist so viel, was sie zu bereden hätten, überlegt er, während er durch die dunklen Straßen zieht und sich nach dem Duft ihrer Haut sehnt. Verlässlichkeit? Eine Kette, die hält, ist schlecht geschmiedet. Auf Flexibilität kommt es an und auf Sollbruchstellen. Auf die Lücken, die Schwächen. Darüber muss man lachen, statt ein Drama daraus zu machen. Aber jetzt liegt der Brief in seiner Schublade. Und nach allem, was er an diesem Tag durchgemacht hat – vielleicht werden sie heute endlich miteinander reden können.

Cocktails

Wie ein leuchtendes Hochhaus ragt das Schiff hinter den Schatten der Kieler Innenstadt in den finsteren Himmel. René Schach tritt aus der Bahnhofshalle. Die ganze Zeit aus dem Zugfenster starrend, hat er kaum wahrgenommen, wie draußen langsam die Dunkelheit aufzog. Dämmerung – immerhin ein Vorzug gegenüber dem Dschungel, Übergänge, ob man sie nun bemerkt oder nicht. Er hatte genug mit dem Erlebnis zu tun, das hinter ihm liegt: Trixi Ghedina. Auf derlei ist er nicht vorbereitet gewesen – nicht auf diese Frau, nicht auf das angenehme Gefühl eigener Unterlegenheit. Und dann hat er begriffen, dass er dabei war, sich zu verlieben, schmachtend wie ein Schuljunge. Und so hat er sich von Zabel abkanzeln lassen, die Zähne zusammengebissen und gemacht, dass er weiterkam.

Irgendwann, noch in Paris, ist ihm zugeflogen, dass die Skandinavienfähren immer Leute suchen. Schach nimmt sich ein Zimmer, stellt sein Gepäck ab und zieht noch einmal los, um irgendwo etwas zu essen, und dann will er früh ins Bett. Scharfer Wind bläst um die Ecken und schneidet in seine Benommenheit. Hinter der Gasthaustür schlägt ihm der Duft des Bieres entgegen. Er bestellt ein großes Glas. Überall riechen die Kneipen anders: in Paris, in Kourou, in Kiel. Die Töpfchen mit den Zahnstochern auf der karierten Decke seines Tischs sind kleinen Leuchttürmen nachgebildet, die über die schwarzumrandeten Brandlöcher aus der Zeit wachen, als noch geraucht werden durfte. Er erkundigt sich bei der Kellnerin, was sie rasch bringen kann, aber sie behauptet, bei ihnen gehe es grundsätzlich flott. Sein drittes Bier hat er trotzdem schon hinter sich, als sie endlich mit dem Schnitzel kommt.

Die Tasche in der einen und den Campingbeutel in der anderen Hand, braucht er am nächsten Morgen nicht lange zu suchen – das Klinkergebäude direkt am Kai. In wenigen Stunden läuft der Dampfer aus. Die nötigen Unterlagen hat er dabei, auch ein Gesundheitszeugnis. Er wird in die Musterrolle eingetragen und angewiesen, sich beim Purser zu melden. Schach kennt sich aus damit, einen Haufen schnarchende, strenge Aromen verbreitende Männer um sich zu ertragen. Angenehm war es ihm nie, aber aushalten kann er das. Hier ist das Bettzeug sauber, den kleinen Spind kann er abschließen, und mit wem er das Zimmer teilt, wird sich erst später erweisen, weil alle anderen schon an der Arbeit sind. Seit einiger Zeit wird der Strom aus Motorfahrzeugen jeglicher Art und Größe in den Leib des dicken Schiffs gelenkt, und die Passagiere, die aus ihm heraufsteigen, füllen nach und nach Gänge, Decks und Restaurants. Andere kommen zu Fuß über eine Gangway. Ein leises Zittern kündigt an, dass man kurz davorsteht auszulaufen: Die *MS Bacchus* scheint zu leben. René Schach probiert in der Kleiderkammer Schuhe, schwarze Hosen und eine Kellnerjacke an, bekommt auch schwarze Strümpfe, ein paar weiße Hemden und eine Fliege in der Farbe der Reederei an einem Gummiband.

Er fühlt sich deplaziert an Bord, sein Jäckchen mit der blauen Schleife um den Hals ist der reine Hohn, das Hemd unangenehm, aus synthetischem Stoff geschneidert, der ihn schwitzen lässt. Schach lehnt mit dem Rücken an der Wand, vor ihm in langer Reihe die im Boden verankerten Barhocker, auf einigen sitzen Gäste. Mit Angst in den Augen trat man ihm gegenüber, weil seine Waffe keine Platzpatronen verstreute – dann hat er die Lippen aufeinandergepresst und den Rückzug angetreten. Den Gefühlscocktail in Gegenwart dieser Frau, vor der er die Flucht ergriff, versteht er noch immer nicht.

Die Tische der Bar-Lounge mit den dunkelblau schillernden Polstermöbeln drumherum sind mit den unterschiedlichsten Gläsern bestückt. Die Sessel werden von Passagieren in Anspruch genommen, denen nicht bereits das leise Rollen und Wiegen des Schiffs so zusetzt, dass sie sich verkriechen – wobei jene, die einen Kabinenplatz gemietet haben, ihre Übelkeit wenigstens nicht öffentlich vorzuführen brauchen und, wenn es denn soweit ist, zumindest keine langen Wege bis zur Toilette vor sich haben.

Was sich in ihm abspielt, hat mit den Wogen nichts zu tun. Schach steht in seiner weißen Tuchjacke, zieht die Lippen zum Strich und klimpert mit den Fingerspitzen im Wechselgeld, das seine rechte Tasche füllt, zum Rhythmus skandinavischer Popmusik, die ihm missfällt. Das Schiff schaukelt inzwischen nicht schlecht, obschon sich unter Wasser alle dafür vorgesehenen Einrichtungen massiv gegen die Kräfte des tobenden Ozeans stemmen. Tisch 9 will zahlen. Eine dürre junge Frau hat ihren südseeblauen Cocktail nicht einmal zur Hälfte geleert, und nun sitzt sie mit verzweifelten Augen schweigend und bleich neben ihrem Mann, der bedrückt in sein leeres Bierglas starrt und offenbar lieber noch einige Zeit weitertrinken würde.

Weder Tomm noch sein Chef oder sonst jemand wusste,

dass es ganz allein sein Entschluss war, still und leise abzuziehen, statt den Laden auseinanderzunehmen. Die Beleidigung zu schlucken, weil so etwas nicht zählt, wenn es um etwas anderes geht. Sich wegzuducken ist ihm nur wegen der Kleinen am Empfang schwergefallen. Bei ihr war er kurz vorm Schuss.

Er hat nicht die Gewohnheit, sein Schicksal umständlich zu untersuchen. Die Lounge ist unterdessen nur noch zu einem Drittel besetzt. Und Schach überlegt, was aus Trixis Film werden wird. Irgendwie schafft sie es schon, glaubt er, aber ob er es dann mitbekommt? Wohl kaum. Wer weiß, wohin es ihn verschlägt. Und ob er jemals wieder irgendetwas von ihr wahrnehmen darf. Kurz vor Mitternacht stellt Charlie, der Barmann, zwei Gläser bereit: »Magst auch eine Prärie-Auster? Vom Schnaps muss etwas mehr drin sein, der ist in diesem Fall nur eine Art Wirkstoff.«

Was Alkohol Charlies Ansicht nach sonst ist, dem geht Schach nicht nach, während ihn dieser Mensch neben ihm mit unendlich ausdruckslosem Schafsblick von der Seite mustert, weil er sehen will, ob der neue Kellner denn nun etwas von dem begriffen hat, was er ihn gerade wissen ließ. Schach nimmt das Glas, dankt und leert es in einem Zug. Die reinste Labsal. Er stellt eine Ladung White Ladies, Caipirinhas und Mojitos aufs Tablett und trägt sie sicheren Schritts zu einem mit sechs jüngeren Gästen besetzten Tisch.

Tänzerin

An der Kasse der Bahnhofsbuchhandlung steht eine lange Schlange. Trixi holt ein paar Zeitungen für die Reise, außerdem hat sie bis zur Abfahrt des Zuges noch einige Minuten. Nun, er wisse gar nicht, hört sie hinter sich jemanden sagen, wieso sich die Leute so aufregten, weil ihr großartiger Osten untergegangen sei. Das Entscheidende habe man doch übernommen: endlose Warteschlangen, Desinformation durch alle Behörden und konsequente Unzuverlässigkeit angeblicher Dienstleister, die ihre Dienste längst nicht mehr leisteten, sondern den Kunden aufhalsten.

Besonders voll ist der Zug nicht. Trixi findet auch ohne Reservierung gleich einen guten Fensterplatz, und der Sitz neben ihr bleibt leer. Den Stapel ihrer Zeitungen legt sie dort ab und nimmt sich die oberste. Immer schneller fliegen die Silhouetten der Häuser an ihr vorbei, während der Zug Fahrt aufnimmt. Sie lässt das Blatt sinken. Jetzt also nach München. Die Arbeit am Film hat richtig begonnen. Für Walter ist ihr keine Nachricht eingefallen. Bob – aber Walter wird sich um ihn kümmern, so viel ist ihm noch zuzutrauen. Sie hofft, im Koffer zu haben, was sie braucht, alles ist ganz schnell gegangen, als ihr auf einmal klar war, dass Leute, die ihre ganze Aufgabe darin sehen, Durchschnittlichkeit aufzuspüren und auf den neuesten Stand zu bringen, sie immer weiter gegen die Wand rennen lassen werden, wenn sie die Sache nicht selbst in die Hand nimmt.

Nach jedem Halt suchen Neuzugestiegene ihre Sitze, Frauen laufen telefonierend umher und lassen die kleinen Apparate auch während der Fahrt nicht kalt werden. Andere nehmen von alledem keine Notiz und arbeiten sich gewissenhaft durch dicke Aktenordner. Kleine Kinder plappern so laut, als hätten sie Megaphone im Hals. Sie verstummen nur, um Lesungen aus lehrreichen Kinderbüchern zu lauschen und dabei mit leeren Augen aus dem Fenster zu schauen. Gruppenweise reisende Männer entledigen sich ihrer Jacketts, klappen Laptops auf und beginnen die Knöpfe zu drücken wie Bandonionvirtuosen. Zwischendurch beugen sie sich über die Lehnen ihrer Sitze, um Firmeninterna, Verhandlungspositionen und Sportresultate zu besprechen. Der Stapel Zeitungen neben Trixi hat etwas Tröstliches. Endlich dann irgendwann rot leuchtend die Anzeige *München*. Vor der Wagentür leidenschaftlich verschränkt ein junges Paar, ein aufreizend blondes Mädchen in den kräftigen Armen eines schwarzhaarigen Mannes, hohe Absätze machen es ihr leichter, seine Lippen zu erreichen. Wenn sie gerade nicht küssen, reißen sie ohne zu sprechen mit Gebärden Witze und schütteln sich dann vor Lachen. Trixi kann aussteigen.

Ein Schmerz schneidet durch ihren linken Augapfel. In der Bahnhofsapotheke holt sie Tropfen. Dann tritt sie aus der Vorhalle in ein wirres Getriebe von Fortbewegungs- und Stillstandsformen. Sie zieht ihren Koffer auf Rollen hinter sich her und ist froh, kein Taxi nehmen zu müssen – so groß ist das Vergnügen, sich auf die durchgesessene Bank eines schlecht gelüfteten Kleinwagens zu zwängen, nicht. In einem Ladenschaufenster auf der Dachauer Straße sind mehrfarbige Bustiers ausgestellt, Korsagen aus unterschiedlichen Geweben, manche glänzen, andere sind aus Spitze. Latex. Feines Nappaleder mit Schnürungen, sogar die Ösen teilweise hauchdünn bezogen. Reißverschlüsse und Schnallen aus Metall. Sie wechselt die Seite, was Straßenbahnzüge aus beiden Richtungen veranlasst, ausgiebig Alarm zu klingeln. Ein blinder Mann mit einem Stock in der Hand ist einem anderen behilflich, der sich in einem elektrischen Rollstuhl voranbewegt, aber unsicher in der Bedienung zu sein scheint. »Jetzt geht's lo-os!«, dringt das Gebrüll alkoholisierter Fußballfreunde vom Bahnhof hinter ihr herüber.

Man muss nur tun, was zu tun ist, und sollte sich dabei von anderen nicht übermäßig behindern lassen. Sie wird einen Film machen, das ist kompliziert genug, der Rest darf gut und gerne etwas einfacher aussehen. Klarer muss alles sein. Realer. Verlässlicher. Wie soll sie Substanz schaffen, wenn um sie herum bereits alles aus Phantasie besteht? Die Wirklichkeit lässt sich nicht zur Variation beliebiger Hirngespinste degradieren. Walter folgt dem entgegengesetzten Programm. Vor einem Fabrikgebäude flattert ein Transparent im Wind, Künstlerateliers warten auf Besuch. Vielleicht erzählt ihr Mann nicht erst seit heute Märchen. Seine sagenhafte Südamerikareise zu der Rakete, an der er angeblich mitgebaut hatte und die dann geplatzt sein soll – Trixi interessierte sich nie dafür und glaubte ihm jedes Wort. Sie hat vergessen, René zu fragen, woher die beiden sich eigentlich kennen. Bestimmt nicht aus dem Urwald. Wahrscheinlich ist Walter mit einigen Firmenkollegen für ein paar fröhliche Tage nach Mallorca geflogen, und der ehemalige Legionär lief ihm im Strandpuff über den Weg. Und die abgestürzte Rakete?

Vom Hotelzimmer geht Trixi in eine nahe gelegene Trattoria. Sie ist nicht müde und besucht noch eine Bar, wo sie Bourbon auf Eis bestellt und sich im Lärm des Lokals auflöst. Die Musik dröhnt, dass es unmöglich ist, an irgendetwas zu denken, und das ist genau, was sie braucht. Anderen Leuten beim Lachen zusehen. Eine junge Frau fällt ihr auf, weil sie hinreißend tanzt. Plötzlich steht sie vor ihr und zieht sie zu sich auf die Tanzfläche. Trixi lässt sich zwischen all den Jüngeren von den Basstönen durchrütteln. Es ist nach Mitternacht, als sie sich in ein Taxi setzt und zurück ins Hotel fährt. Am Morgen will sie damit beginnen, sich in der Stadt umzusehen, unter dem Vorzeichen ihres Projekts – mit anderen Augen als früher, zu der Zeit, als sie dort wohnte: eine junge, enthusiastische Filmstudentin, die ihr Glück kaum fassen konnte, dass sie dem Tal und der geknickten Lärche entronnen war – der endlosen Sehnsucht auf den Stühlen vor der *Café-Bar Lolita* auf dem Corso. Eine Frau, die ihren Traummann gefunden hatte.

Ob sie irgendjemanden anrufen wird, den sie aus den Münchner Jahren kennt, wird sich zeigen. Im Augenblick hat sie nicht das Bedürfnis, in ihre Vergangenheit einzutauchen. Mit Pavol muss sie natürlich telefonieren, er wartet darauf. Aber bevor sie sich mit ihm verabredet, will sie absehen können, ob sie überhaupt noch dasein wird, wenn er aus Wien zurückfährt, oder wo sonst sie sich treffen müssen. Und Walter? Natürlich wird sie auch ihm sagen, wo sie steckt, aber sie weiß noch nicht, wann. Hat Walter jemals ein Kilo Eisenerz in die Hand genommen und sein Gewicht anerkannt? Ausgestreckt im Bett, vermisst sie Bob, der sich zu Hause gerne auf ihre Füße legt. Es hängt ihr

zum Hals heraus, denkt sie im Halbschlaf, sich mit Lang-
weilern abzugeben, die Klischees vor sich herwälzen wie
Pillendreher die Mistkugel. Da fehlt doch alles, fehlt immer weiter, bis jemand kräftig die Hände zusammenklatschen lässt…

Telefon

Bobs feine Zähne knabbern an dem großen Zeh, der sich aus dem Schutz der Bettdecke begeben hat und für den ausgeruhten Kater eine unwiderstehliche Angriffsfläche bietet.

»Verschwinde«, ruft Walter und spannt die Decke fest über beide Füße, denn er ist keineswegs wach, jetzt, mitten in der Nacht. Er hasst es, gestört zu werden und dann stundenlang schlaflos daliegen zu müssen. Manchmal ist das Tier wirklich lästig. Entsetzlicher Durst quält ihn, und er fühlt einen brennenden Schmerz über einer Rasurwunde. Irritiert bemerkt er, dass seine Frau noch immer nicht neben ihm liegt. Er geht zur Küche, bis auf ihn und den Kater sind die Zimmer tatsächlich leer. Walter gießt sich ein Glas Selterswasser ein. Über allem in der Wohnung liegt dezent das charakteristische Aroma ihrer Zigaretten. Aber wo ist die Frau dazu? Er sieht auf die Uhr. Zwei. Verwirrt entnimmt er dem Kühlschrank den offenen Chablis und rückt den Stuhl so zurecht, dass er Bob, der kreuzfidel auf den Tisch geklettert ist, bequem den Bauch kraulen kann. Auf dem Display leuchtet die Uhrzeit auf, dann Trixis Nummer, aber sie hat ihren Apparat nicht eingeschaltet. Er spricht nicht auf die Mailbox.

Nirgendwo ein Zettel. Schon die ganze Zeit über hat er sich gefragt, wo sie bleibt. Dies war nicht irgendein Abend. Ihr großer Neuanfang sollte stattfinden. Walter nimmt noch einen Schluck. Er hat ihr doch endlich Maiers Brief präsentieren wollen, den ganzen Abend über hat er sich schon auf Trixis Eingeständnis gefreut, ihr Leben wieder einmal mit sinnlosem Argwohn belastet zu haben – und in diesem Fall so penetrant, dass sie ihn – mitten in der alle Kraft beanspruchenden Wirtschaftskrise – völlig durcheinanderbrachte. Wenn ihm dann kleine Fehler unterlaufen sind, hat Trixi das als Einladung zu neuem Misstrauen verstanden. Der Brief, dessen Existenz sie leugnet, liegt noch immer in seiner Schublade. Denn sie ist nicht nach Hause gekommen. Walter lässt heißes Wasser ins Becken und gibt zuviel Spülmittel hinein. Er säubert das Geschirr vom Frühstück zusammen mit dem, was er am Abend gebraucht hat. Auch Bobs Teller. Dann gießt er sich ein großes Glas Milch ein. Möglicherweise ist alles nur Einbildung? Trixi liegt vielleicht schlafend im Bett, in das auch er nur zurückzugehen braucht, wenn mithilfe der Milch und des Abwaschs wieder Ruhe in ihm eingekehrt ist. Oder er selbst befindet sich überhaupt in Grunewald, in der Teplitzer Straße, die ganze Zeit schlafend, und wenn er am Morgen erwacht, stellt er erleichtert fest, dass sein Leben erst noch vor ihm liegt, bevor ihn die kalte Gewissheit gleich neu in den Schwitzkasten nimmt, für die Lateinarbeit dieses Vormittags nicht die Spur vorbereitet zu sein. Schon hat sich in ihm der Sinn für derlei Träume verloren. Das Kind existiert nicht mehr. Nicht vor dem Beginn steht er, ganz am Anfang – das Ende zeichnet sich längst immer facettenreicher ab im Nebel, durch den er Jahr um Jahr gehastet ist, ohne dabei voranzukommen. Er würde viel darum geben, jetzt Trixis Haut zu berühren.

Als Walter zurück ins Bett steigt, ist es natürlich so leer wie zuvor, bloß Bob ist vorgegangen und liegt schon dort.

»Was ist nur los, mein Junge?«, fragt er den Kater, löscht das Licht und streckt die Hand nach dem Tier aus, das es sich gefallen lässt. Walters Augen starren in die Dunkelheit. Wieso ist er für niemand verlässlich, nicht einmal für sich selbst? Er kann sich auch nichts von dem abnehmen, was er zu sein vorgibt: den kreativen Kopf der Werbeagentur nicht und nicht den Clown, weder Trixis Mann noch sonst irgendwen oder irgendwas. Da er nicht daneben steht, sondern mittendrin, gewahrt er den Übergang nicht, der dazu führt, dass er nach einiger Zeit nicht nur halb, sondern vollständig eingeschlafen ist. Eine Stunde später ist er hellwach, und augenblicklich erfasst er die Lage: Trixi ist fort. Die Stelle, an der Bob neben ihm auf ihrer Decke gelegen hat, ist leer, nur eine kleine Vertiefung beweist, dass es ihn gibt. Nichts ist eingebildet. Er will ins Bad gehen, da zeigt sich der Kater mit dem Verlangen, auch schon zu dieser Stunde sein Fleisch serviert zu bekommen. Normalerweise erledigt Trixi das am Morgen nebenher, wenn sie Kaffee macht, Tee aufschüttet und den Tisch fürs Frühstück deckt. Jetzt ist es noch dunkel, mitten in der Nacht, aber Bob quengelt. Walter kann ihm nicht erklären, was los ist.

Er stellt die Kaffeemaschine an und nimmt das Herz aus dem Kühlschrank, das für den Kater bestimmt scheint. Der eigentümliche Muskel ist bereits leicht angegraut. Zähe Adern münden in ausgehöhltem Gewebe, innen hat es eine andere Oberfläche als außen. Mit gelblichem Fett durchwachsen, sieht das Fleisch aus wie ein rundgeschliffener roter Marmorbrocken. Es verströmt einen unangenehmen Geruch, und nachdem Walter mit dem Messer hineingestochen, einen Lappen abgeschnitten und in kleine Bissen zerteilt hat, rührt Bob nichts davon an. Walter kann ihn verstehen. Er schmeißt das Herz in den Mülleimer, stellt fürs erste Trockenfutter in einem Napf bereit, und daneben sauberes Wasser. Dann kann Bob sich entscheiden, ob er warten will, er braucht jedenfalls nicht zu hungern, bis etwas anderes im Haus ist. Und der Nebel über der Zukunft sich spaltet und sichtbar werden lässt, wie es überhaupt weitergehen soll. Walter ertappt sich, dass er zum Himmel betet, Trixi möge ihn nicht wieder verlassen haben.

Um keinen Präzedenzfall zu schaffen, rührt Bob die harten Brocken nicht an, sondern streicht weiter um seine Pyjamabeine. Wie aufgezogen trinkt Walter in regelmäßiger Abfolge aus seiner Tasse. Trixis Verschwundensein erscheint ihm unwirklich. Gleichzeitig ist es ihm aber auch, als sei er sogar daran gewöhnt. Diese Falltür, die plötzlich unter ihm aufgesprungen ist, kommt ihm keineswegs ganz neu vor, sondern wie eine altvertraute Schikane, die man höchstens zwischendurch zu überspielen versucht, vergleichbar der Unmöglichkeit, tatsächlich davon abzusehen, dass jedes Jahr, jeder Tag und jede Sekunde, alle Gedanken und Träume nur Schritte auf dem Weg in den Abgrund sind. Der Kaffee schmeckt furchtbar. Toreros, hat er irgendwo gelesen, leben in dem Wahn, dass es immer die anderen trifft. Walter greift zum Telefon und sieht auf dem Miniaturbildschirm Trixis Nummer leuchten. Offenbar hat sie vorhin, als er kurz eingeschlafen gewesen ist, versucht, ihn zu erreichen.

Und hat sie ihr Telefon jetzt eingeschaltet? Nein. Trotzdem wählt er ihre Nummer ein zweites Mal, jetzt gibt er die Ziffern einzeln ein, statt sie automatisch abzurufen. Dasselbe. In der Schwärze vor dem Fenster kommt die ganze Zeit Regen herunter. Möglicherweise sitzt Trixi irgendwo fest, in einem Zug, der nicht weiterkann, oder sie fährt in einem Auto mit, und sie haben eine Panne. Sie und dieser Soldat? Walter öffnet das Fenster und hört Milliarden Tropfen, die zu einem einzigen Ton verschmelzen, den sie aus dem verbliebenen Laub der Äste, dem Asphalt auf der Straße und den Blechkarosserien der Autos am Straßenrand herausholen. Er sieht seinen Wagen wasserglänzend unter der Laterne vor dem Haus. Trixi macht sich nichts aus dem Fahrzeug. Das Auto davor hat ihr besser gefallen. Dieses da ist von ihm alleine bestellt worden, es war als Überraschung gedacht, er hatte sich vorgestellt, sie wäre erfreut, den neuen, bequemen Wagen zu sehen, der abgeht wie eine Rakete. Aber sie kann Lederpolster nicht ausstehen.

Walter schaltet das Nachtprogramm des Radios ein und wartet auf die Nachrichten. Darin ist nicht die Rede von Betriebsstörungen bei der Bahn oder Massenkarambolagen im Nebel. Er stellt den Apparat aus. Draußen gießt es unvermindert weiter. Bob hat resigniert.

Walter wählt noch dreimal ohne Erfolg ihre Nummer. Er beschließt sich anzuziehen. Vielleicht ist Trixi dann ja zurück, betet er nochmals. Der Spuk wird vorüber sein. Er geht ins Badezimmer und dreht den klappernden Hahn auf, um sich zuerst einmal gründlich die Finger zu waschen. Lässt das Wasser lange laufen, damit es möglichst kalt ist, bevor er es aus vollen Händen ins Gesicht klatscht. Dann zieht er die Gummikappe über, damit sein langes Haar nur dort nass wird, wo es darunter hervorschaut. Mit voller Kraft lässt er die Dusche auf sich herabprasseln. Das Körpershampoo riecht so wie immer, aber er hat keine Verwendung für den Trost, der an anderen Tagen manches in

Ordnung bringt, was kurz zuvor noch entsetzlich durcheinander gewesen ist. Die Tropfen rinnen an den gläsernen Wänden der Kabine hinab, in der Walter heftig atmet, nachdem er den Hahn auf eiskalt umgestellt hat. Ein schneidender, klärender Sturzregen, dem er sich überall aussetzt. Walter hört über seiner Schädeldecke das Trommeln auf dem Gummi.

Er stellt das Wasser ab, angelt nach dem Handtuch und reibt sich trocken. Die frische Luft des Badezimmers ist nun warm. Meist gibt ihm das ein gutes Gefühl. Anders heute. Es funktioniert nicht. Keiner der kleinen Kniffe führt ihn einen Millimeter weg vom Rand des riesigen schwarzen Lochs. Die Gummikappe sieht im Spiegel aus wie eine künstliche Glatze, und die roten Haare, die unter dem Rand hervorkommen, bilden einen gekringelten Kranz um die Ohren. Nachdem er die Flasche mit dem Schaum geschüttelt hat, drückt er auf den Knopf und verteilt die weiße Masse um den Mund, auf den Wangen und dem Hals. Dann zieht er das Rasiermesser auf dem Streichriemen ab. Als er wie immer mit der linken Wange beginnt, streift er die Nasenspitze. Der kleine Schnitt ist kaum zu bemerken, aber sofort tritt eine erstaunliche Menge Blut aus und färbt die Nase leuchtend rot. Er starrt in den Spiegel, dann wäscht er das Blut ab und tupft die Nase trocken. Das Badetuch um die Hüfte gespannt, die Kappe auf dem Kopf und das kleine Handtuch um den Hals, geht er hinüber in die Küche, um nachzudenken.

Er schüttet den restlichen Kaffee in den Abguss, spült die Glaskanne durch und setzt die Maschine neu in Gang. Sofort beginnt das Wasser in den Filter zu tropfen. Walter verfolgt den steigenden Pegel in der Kanne, während sich das Wasser in das schwarze Getränk verwandelt, dessen

Duft sich ausbreitet. Das Tröpfeln hört auf, er stellt die alte Tasse ins Spülbecken und füllt eine saubere mit frischer Milch und heißem Kaffee. Auf der Fensterscheibe kleben tausend Wassertropfen. Kaum irgendwo leuchtet es aus einem Zimmer, nur die Straßenlaternen und gelegentlich durch den Nachtregen vorbeiziehende Autoscheinwerfer erhellen die Schwärze draußen. Der Taxisound – anschwellend und verebbend in der Finsternis. Sein Blick geht hinauf zur Lampe an der Decke, in der opaken Schüssel sammeln sich schwärzliche Spuren. Wie sind sie dorthin gelangt, obwohl das geschlossene Glas in die Fassung geschraubt ist? Das Telefon läutet, nicht das kleine Ding hier auf dem Tisch, sondern der Apparat draußen im Flur.

In Zeitlupe setzt Walter die Tasse ab.

Er streift die Kappe vom Haar.

Steht auf.

War der Flur immer so lang?

Er weiß, was kommt,

und ohne Hast nimmt er den Hörer auf.

Wie wunderbar es ist, ihre Stimme zu hören.

Hinweis

Die vorangestellten Zeilen H. C. Artmanns sind aus dem Buch »Das Prahlen des Urwalds im Dschungel«, Nr. XXVI.

Die Äußerungen Richard Lindners finden sich in einem Gespräch zwischen ihm und Wolfgang Georg Fischer, das im Katalog der Lindner-Ausstellung in der Kunsthalle Düsseldorf aus dem Jahr 1974 veröffentlicht wurde, andere in einem Artikel von Werner Spies in der FAZ vom 11.1.1997.

Da ich selber nicht die Ehre hatte, bei der Fremdenlegion zu dienen, habe ich für die Darstellung in den entsprechenden Passagen auf allgemein zugängliche Materialien zurückgegriffen.

Die Sätze, die Trixi Ghedina im ersten Kapitel zum Ärger ihres Mannes aus einem Buch vorliest, sind der Erzählung »Frühling in Fialta« von Vladimir Nabokov (in der Übersetzung von Dieter E. Zimmer) entnommen. Sie hat einige Wörter ausgelassen.

Im 25. Kapitel wird aus dem sechsten Gesang von Lautréamonts »Maldoror« zitiert.

Shakespeare-Zitate aus folgenden Sonetten (in der Reihenfolge ihres Vorkommens): 35, 18, 148, 3 sowie aus »Macbeth« (3,2).

Dem Institut für Diskrete Mathematik der Universität Bonn danke ich für Hinweise zum Stand der Wissenschaft.

Das Motiv des durchs Auge gezogenen Rasiermessers ist dem Film »Ein andalusischer Hund« von Luis Buñuel entlehnt.

Der Film, den Walter sich im Kino ansieht, ist »Sein oder Nichtsein« von Ernst Lubitsch

Inhalt

Dame

Schach